紅樓夢斷章

張惠——著

目錄

輯五

（序言）紅樓之花吐芬芳

張國義

　　紅學家張惠教授的新作就要出版，為她高興。她嚴謹治學，勤奮筆耕，不停在讀書、寫作、思考、演說、講授，又把書香氤氳的紅學研究與當下網路時代傳播特點很好結合，留下的清雅文字和溫婉視頻，就像一束束成熟的稻禾。穀香四溢，是她淡然中執著追求。

　　張惠香港執教多年，在高校教壇講授解《紅樓夢》及其他課程，坊間都知道香港有位多才的紅學家。這些年，香港高教事業發展很快，從內地引進了不少優秀人才，大多是科技或金融等一些能「生錢」的專業背景，像張惠這樣人文學科的人才就鳳毛麟角了。朋友介紹時，她微笑略略幾語，像鄰家含羞小妹。在香港繁華紛擾中以紅樓為學，顯得娉娉婷婷，格外出落，令人頓生敬意。我在想，香港是幸運的。

　　內地文人南遷，是香港文化發展史的一支重要流脈，就像候鳥遷徙隨自然物候季節更序，文人南來香港，始終跟這塊神奇土地社會氣候密不可分。近代以來的風雲激蕩和近幾十年的經濟快速崛起，似乎很難給文學的生存滋養留下任何空間，但也正因為如此，這種皺褶不堪的時空環境，使得蕭紅、張愛玲、金庸、南懷瑾等文化名人與香港深深結緣。更不消說，抗戰時期，茅盾、巴金、冰心、丁玲、郭沫若、端木蕻良、胡風、葛一虹、袁水拍等薈聚香港，發表小說、散文、文藝評論、詩歌、譯文等，謳歌團結、抗戰和民主，謳歌中華民族的偉大抗戰精神，香港抗戰文化異軍突起，盛況一時。

　　回歸之後，香港歷史大轉折，沒有了英人殖民姿態的管理和深度文化塑造，香港社會進入新的建設期，有奮進與浪漫，也有狂放和躁動。張惠的到來，是文化的自覺，既有香港獨特魅力的吸引，也有內地發展進步的文化溢出，這種個體的文化移植是艱辛不易的，但她對香港來說是稀缺可貴的，使香港多了一份從容和沉靜。即便是後來有段時間不少年輕人身著黑色衣服上街表達各種激進觀點，甚至大打出手，無限度衝撞社會底線，見到張惠時，她的聲音還是那麼恬然有致，看她講解紅樓的視頻還是那麼款款通曲。

　　張惠出生在中原之地，那裏歷史豐厚，養成她敦厚好學的性格。北京名校求學，文學滋養澆灌，她出落得更加聰穎空靈。對於文學巨著的解讀，跨越了文本，穿越了年代，紅樓大世界在她的眼裏、她的心中、她的筆下，已經幻化成有四季輪迴、晨鐘暮鼓、胭脂粉黛、市井阡陌的人間凡塵。隨意俯拾一個角度，都能跟《紅樓夢》的曹雪芹和他筆下人物對話。金聖歎評點《水滸傳》、李卓吾評點《西遊記》，脂硯齋評點《紅樓夢》，均是把目光聚焦在作品本身，緊貼文本展開，這在傳統閱讀時代裏放大和傳播了經典，無疑意義非凡。在網路時代或者叫無紙化閱讀的當今，張惠課堂講授和視頻傳播相得益彰，對於紅學研究當代語境條件下的傳播，對於任何不躺在故紙堆的人們來説，都是值得高度讚許的。為了紅學，為了文學，對於改變不了的歷史態勢，最值得舉手歡呼的做法就是這樣「與時俱進」。

　　香港已是張惠的第二故鄉，她以自己的文化存在裝點著香江百花園，彼此成就，彼此不捨。張惠對中國傳統優秀文化的研究以及在香港的傳播，也著述貢獻良多，這對重構香港社會家國情懷非常必要。香港紅學家，是我心中對張惠最消弭不了的認知，祝願她在與不在香港的時光裏，都記掛香港，光彩紅樓。

輯
一

《紅樓夢》竟成學霸惡夢

　　聽説二〇一九年的高考數學題達到了魂飛膽喪級別，出題老師更是成為堪比滅霸的存在。

　　聽到這個傳聞之後，我懷著好奇又恐懼的心理打開了二〇一九年的高考數學題。首先我發現，今年的高考題很有人文色彩，比如説有一道題考的是維納斯。

　　維納斯是斷臂的，而它斷掉的雙臂原來拿的是什麼器物，或者是什麼樣子，現在都不可考了，所以我覺得二〇一九年高考數學題的一個特點 —— 神秘。

　　再比如説，另一道高考題考的是一朵雲。我看了這個題之後的感覺是如墜雲裏霧裏 —— 答案只在此題中，只是雲深不知處。

　　還有一道題，題幹超長，幾乎全由分子式構成。看完了三行，我已經默默地低下頭自願戴上了數學學渣的帽子。

　　不過終於在二〇一九年的高考數學題中發現了一道很親切的題目：我激動地發現，這道數學題沒有圖形，沒有分子式，而且每個字我都看得懂，那裏面還有《紅樓夢》！

　　　　《西遊記》、《三國演義》、《水滸傳》和《紅樓夢》是中國古典文學瑰寶，並稱為中國古典小說四大名著，某中學為瞭解本校學生閱讀四大名著的情況，隨機調查了一百位學生，其中閱讀過《西遊記》或《紅樓夢》的學生共有九十位，閱讀過《紅樓夢》的學生共有八十位，閱讀過《西遊記》且閱讀過《紅樓夢》的學生共有六十位，則該校閱讀過《西遊記》的學生人數與該校學生總數比值的估計值為？

　　我感覺這道題好像還不是非常難！但是我也不會！！

於是我趕緊召喚神龍，啊不，召喚友朋。

通過微信趕緊把這道題目轉給他們，過了幾分鐘，答案傳過來了。看了答案，我又懵圈兒了，答案是個圖形！

無奈之下，我又通過微信語音厚著臉皮詢問。通過望、問、聞、切（看題目、問答案、看圖形、自己再算一遍），終於明白了 50%。題幹裏學校不是有一百人嗎，朋友的答案裏把它縮小了十倍，假設學校只有十人，然後畫圖，得出了唯讀《紅樓夢》的有八人，讀《西遊記》又讀《紅樓夢》有六人，讀《西遊記》或讀《紅樓夢》有九人，通過連線最終發現。學校唯讀《西遊記》的有七人。因此唯讀《西遊記》的人數和學校的總人數比率是 0.7。

但是我覺得最重要的點不在這兒。你們發現沒有發現，通過這道題和這個圖形答案，看沒看出來？看沒看出來？——在學校裏讀《紅樓夢》的人數是最多的！

二〇一七年的時候《紅樓夢》進入高考必考參考書目，二〇一九年的時候數學題就反映了學生的閱讀曲線變化。

我覺得今年的高考數學題對我來說有點太難，要是

我今年參加高考，估計在考卷上絞盡腦汁寫的答案只能是「滿紙荒唐言，一把辛酸淚」了！但是我不得不承認，今年的高考數學題是很人文化、接地氣的。

不過我很想也給高考數學題老師出幾道《紅樓夢》數學題。

題目一：《紅樓夢》中那塊頑石高經十二丈，方經二十四丈，之後被一僧一道縮小成為了扇墜大小。請問它縮小了幾分之幾？

題目二：金陵十二釵中和賈寶玉有親屬關係和沒有親屬關係的比例是多少？

題目三，在賈府中，出了五服的親屬和賈府宗親的總數比值的估計值為？

讓他也哭一哭。哈哈。

高考語文卷裏的紅樓元素

二○一七年北京高考作文題新鮮出爐：

請從《紅樓夢》中的林黛玉、薛寶釵、史湘雲、香菱中選擇一人，用一種花來比喻她，並簡要陳述這樣比喻的理由。要求：依據原著，自圓其說。

從一個大學老師專業的角度，我想談談評分的標準。考卷可以分為上中下三類，其中上卷又分 A＋ 和 A；中卷分 B+ 和 B；下卷分 C+ 和 C。

基本上，《紅樓夢》對林黛玉、薛寶釵、史湘雲對應什麼花有比較明確的描述。香菱雖然不明顯，但仔細閱讀應該也是可以回想出來的。比如以薛寶釵為例，A＋卷應該達到的標準：

要點綜述：寶釵在《紅樓夢》中被比喻成牡丹。她抽到的花簽是牡丹「豔冠群芳」，容貌雍容華貴，「任是無情也動人」。然而卻因寶玉出走守寡終身，又如牡丹「辜負穠華過此身」。

個人創新：但是我認為可以把寶釵比喻成……花，因為……（例如，我認為寶釵可以比喻成凌霄花。因為，一者《紅樓夢》交代寶釵最初的目的是進京待選；二者寶釵曾經在〈臨江仙·詠柳絮〉寫過：「好風頻借力，送我上青雲」等等。）

我個人認為，要點綜述體現出了該生對《紅樓夢》的熟悉程度，這是「依據原著」，表現出學生確實進行過經典閱讀，此為「繼承」。但是如果能夠再進一層自出機杼，表現出個人的識見，能夠「自圓其說」，此為「創新」，該生為綜合性人才，此文可為一類文之 A+。

但是另外一種雖只有要點綜述，未有個人創新，但也能到達 A 程度的，以林黛玉為例：

要點綜述：黛玉在《紅樓夢》中被比喻成芙蓉。她父母雙亡，寄人籬下，身體又嬌娜不勝，有似芙蓉「風露清愁」。芙蓉有兩種，一種是木芙蓉，一種是水芙蓉（又稱蓮花），綜合來看，黛玉應為水芙蓉蓮花。理由如下：

　　一，晴雯死時據說被封為「芙蓉花神」，而彼時為
八月，是木芙蓉盛開。晴雯既為木芙蓉，「晴為黛影」，
且晴雯又副冊，黛為正冊，兩人不應相同，故黛玉應為
水芙蓉。二，黛玉與水更密切相關。她來到賈府和回葬
蘇州，走的都是水程，她要把一生的眼淚都償還甘露之
惠，更似「水芙蓉」。

　　在《紅樓夢》中寶釵和黛玉常常對舉，而周敦頤〈愛
蓮說〉恰恰也早就把牡丹和蓮花予以對舉。象徵「富貴」
和「君子」兩種人格，曹雪芹可能受此啟發。

　　《紅樓夢》中黛玉抽到的花籤寫「莫怨東風當自
嗟」，有兩種最著名的出處，「紅顏勝人多薄命，莫怨東
風當自嗟」，「芙蓉生在秋江上，莫向東風怨未開」。此
一暗含黛玉的容貌與身世 —— 「紅顏」、「薄命」，一暗
喻黛玉為蓮花 —— 秋江之上，可見是蓮花，蓮花開在六
月，所以不要怨恨東風（春風）。但自陸游因母親逼迫
被迫休了愛妻唐婉而寫下〈釵頭鳳〉：「東風惡，歡情
薄」一詞後，「東風」又喻父母，故「莫怨東風」之語
又暗指黛玉應反躬自省，可能是身體柔弱和性格不夠
圓融而最終失去了賈府家長們的歡心而不支持她和寶
玉成為眷屬。

　　我個人認為，即使該考生沒有個人創新部分，但這些要點充分顯示出該考生的博觀慎思，此文可為這一類文之 A。

　　那麼什麼是 B 類文？和 A 的差距在哪裏？

　　首先，B 類文是就事論事，沒有個人創新部分。其次，B 類文稍顯膚淺。

　　以史湘雲為例：

　　要點綜述：一，湘雲在《紅樓夢》中被比喻成海棠。因她抽到的花籤畫的是海棠，題寫是「香夢沉酣」，「只恐夜深花睡去」，用的是蘇軾詩關於海棠花的典故。二，湘雲曾經在海棠詩社舉辦後來到賈府，也填寫了兩首海棠詩，是海棠社壓卷之作，眾人大驚，看一句，驚訝一句，看到了，讚到了，都說，「這個不枉作了海棠詩，真該要起海棠社了」。三，湘雲的「海棠詩」是「自況」。在湘雲第一首白海棠詩之「自是霜娥偏愛冷」句下，庚辰本和有正本有一雙行批註：「又不脫自己將來形景」。（有正本無「又」字）。這條批語告訴我們，湘雲「將來形景」是愛冷的「霜娥」。「白首雙星」回目預伏湘雲將來像織女，白海棠詩暗示她將來像嫦娥。織女與嫦娥的婚姻同屬一個類型，她們雖然都有丈夫，但又都

離開了自己丈夫！湘雲是入「薄命司」的，湘雲如嫁寶玉，只是苦命，並非薄命。《紅樓夢》的十二金釵，她們的結局各不相同，但都是一齣悲劇。湘雲的婚姻遭遇和寶釵的守寡不同，也和迎春受蹂躪而死不同，她提供了另一類型，這種類型無疑具有更深刻的現代意義：

湘雲「霽月光風」，「從未將兒女私情略縈心上」，卻蒙受不貞之冤……「幽情欲向嫦娥訴，無奈虛廊夜色昏」，她只好抱著滿腔的幽恨，像蠟炬一樣滴乾最後一滴眼淚，結束自己的生命。

如果該考生的作文答出了一、二、三點，則至少是 A。如果該考生的作文只答出了一和二，則為 B+。

如果考生的作文有失誤，比如「《紅樓夢》有〈憨湘雲醉眠芍藥裀〉，描寫湘雲酒醉臥睡於芍藥花叢石板凳之上」。則酌情減為 B。因他雖然對《紅樓夢》很熟悉，但可能因緊張等因素沒注意到此處的花是「芍藥」而非「海棠」。

那麼什麼是 C 類文？

首先，那些完全脫離《紅樓夢》原文，毫無根據地天馬行空，擬為 C 等。

其次，那些舉出《紅樓夢》原文但要點不足，或脫

離《紅樓夢》原文但有一定想法的,擬為 C+ 等。

當然有學生會不服氣,認為何以要點不足或者沒有原文就評分太低,認為自己雖不擅長《紅樓夢》卻擅長其他名著,用其他作比何以老師不能見出自己的水準。但是請注意題目中並非只有《紅樓夢》一題,不擅長可選他題揚長避短。再者題目要求之一就是「依據原著」,如果做不到首先就是審題不清。因為正如《紅樓夢》所說——「也不要很離了格兒」。

當然,在此之外,還有「酌情」:也就是那些沒有寫《紅樓夢》原文對寶釵黛玉湘雲的比喻,但是自出心裁並依據《紅樓夢》原文作出比喻且有創見的,也就是沒有 A 類文的「要點綜述」但有「個人創新」的,可酌情給予 B 類甚至到 A,但不宜到 A+。

當然,可能有學生質疑,老師為何沒有舉香菱的例子?其實很簡單,天下的事有「事倍功半」,也有「事半功倍」,這個高考作文題的選題難度本身就有高下之分。其難度是香菱 > 湘雲 > 黛玉 > 寶釵。香菱最不好寫,而寶釵最好寫。

以香菱為例:

要點綜述:一,香菱在《紅樓夢》中被比喻成並蒂

花。香菱和芳官、蕊官、藕官等人鬥草，因為拿了支「夫妻蕙」，遭到眾人的譏笑，扭打之中弄濕了裙子。「夫妻蕙」是並蒂花的意思。二，香菱解釋「夫妻蕙」說：「並頭結花的為『夫妻蕙』。」別人就反問她：「若兩枝背面開的，就是『仇人蕙』了？」這表面上是隨口帶出的，但讀者如果知道了香菱的結局，就會想到作者是在說「夫妻」將成為「仇人」。

香菱在《紅樓夢》中掣了一根並蒂花，題著「聯春繞瑞」，那面寫著一句詩，道是：連理枝頭花正開。語出宋代朱淑貞〈落花〉（一作〈惜春〉）詩：「連理枝頭花正開，妒花風雨便相催。願教青帝長為主，莫遣紛紛落翠苔。」向花「催」命的「風雨」是用來比喻有「妒病」的悍婦夏金桂的。

「願教青帝長為主」詞句「青帝」是花神的意思，這兩句說明要是花神能夠做主，就不要讓並蒂花都凋謝了。在古代以夫為綱的社會，妾室的地位很多時候來自丈夫的疼愛，此處的「青帝」對於香菱來說就是薛蟠。但是薛蟠自從娶了夏金桂之後，完全被夏金桂挾制，所以根本不可能為香菱做主，所以香菱只能被折磨致死。

個人創新：但是我認為可以把香菱比喻成……花，

因為……（例如，我認為香菱可以比喻成並蒂蓮或者並蒂菱。因為香菱本名叫「甄英蓮」，是之後拐賣而被改名為「香菱」的。「並蒂」是指她嫁與薛蟠為妾，而且對薛蟠有真感情。薛蟠被柳湘蓮打了以後，香菱哭得眼都腫了，真的傷心。在《紅樓夢》中，只有兩次女子是為心疼心上人哭泣，一是寶玉挨打後黛玉哭得眼睛腫得像桃子一般，一是薛蟠挨打後香菱哭得眼睛都腫了。如是「蓮」則照應其本名「英蓮」且諧音「憐」，如是「菱」則照應她後來的兩個名字「香菱」和「秋菱」。且香菱鬥草舉出夫妻蕙時，剛好寶玉也準備加入，手裏拿著的是「並蒂菱」。

由是可見，香菱的花喻是較難寫好的，尤其是在高考的時間限制和心情壓力下。

諸君以為然否？一笑。

無獨有偶，二〇一七台灣的國文高考卷也以《紅樓夢》為考題！（國文即語文，大陸台灣稱呼不同，其實一也。）考題如下：依據下文，敘述正確的選項是：

　　《紅樓夢》作者透過神話與寓言的層層架構，

　　創造了一個開天闢地的頑癡情種賈寶玉，以這個

踽踽於洪荒的第一畸零人，來傳達他對生命的孤
奇領悟。

　　凡讀《紅樓夢》而真能為解人者，必能體味
作者徘徊掙扎於傳統文化激流中之無奈與痛楚。
作者創造了一個獨步古今的賈寶玉，其靈奇乖
僻，完全處於傳統法度之外；其耽情溺色，更使
天下視之若魔。這個賈寶玉是被幽禁於傳統文化
心靈深處的禁忌與壓抑之大解放，故人亦以「混
世魔王」稱之。

　　《紅樓夢》以情為心的全盤架構，正契應湯顯
祖「因情成夢，因夢成戲」、「世有有情之天下，
有有法之天下」之說。在有法之天下中，有情之
天下只能成其為夢，以寄諸於筆墨之間。賈寶玉
癡魔怪僻的造型，固然是一種「情」的誇張強調、
壓抑與反抗的姿態，然則另一面向，卻也依舊是
一個掩飾的面具，一種畸零的姿態。故以之為魔
為怪，為病為痼，正顯示正統禮法之約束力量依
然存在。（改寫自張淑香〈頑石與美玉〉）

　　（A）「混世魔王」象徵賈寶玉雖不容於世，卻
不願受拘束的反抗力量。

（B）《紅樓夢》以情為心，藉由「夢」暗示情不被法所容的現實困境。

（C）《紅樓夢》作者創造賈寶玉的畸零姿態，隱含對人生的一種幽獨懷抱。

（D）魔怪病痴點出賈寶玉與眾不同的特質，用以暗喻耽情溺色實為一種病。

（E）以神話為故事架構，是為了規避《紅樓夢》作者不接受傳統禮法的事實。

比起二〇一七年浙江高考語文的一篇閱讀理解，詢問文章結尾「從鍋裏跳出來的魚眼裏」為何「發出詭異的光」，題目詭異刁鑽，難倒了絕大多數考生，二〇一七台灣高考語文閱讀理解考《紅樓夢》，應該來說意義大得多！

《紅樓夢》作為高考考生的必讀書目，列入考生必答題的範疇，不但是增加《紅樓夢》的閱讀人數，更能改善目前速食文化、碎片化表達的現狀。這一重大舉措，率先在首都北京這個政治、文化、教育的中心城市實施，也更利於各省市教育部門的效仿和推廣，意義重大。而海峽對岸的台灣率先回應，與北京一南一北，形

成了閱讀經典，潛移默化地美化生活、雅化人生、智化思維。

　　親愛的朋友，二〇一七年台灣國文高考閱讀理解《紅樓夢》多選題，你的選項是什麼？

《紅樓夢》與貧困生

　　我對北京大學香港校友會最初最鮮明的印象是從一場講座開始的。當時很多人好奇，覺得我研究《紅樓夢》居然也能在香港活下來，我們的孟春玲大師姐就說：「張惠，那找天晚上你在校友會講一場紅樓夢吧。」

　　那時候我還是一個初出茅廬的學生，一門心思覺得學術就只是申請項目和發表學術論文，還不太明白講座其實也是一種很高的榮譽。但是覺得大師姐既然發話了，我一定要好好準備，因此那天的講座我是按學術論文來準備的，裏面除了所提到的《紅樓夢》原文和論文都標明了出處和頁碼，甚至還引用了相關「兼祧」制度、明清律法和美國社會學的理論。

　　講座的題目，玩了一個小小的文字遊戲，叫《從紅樓夢看清人的婚姻觀》。這有兩種斷句的方法，一種可以斷為——從《紅樓夢》看/清人的婚姻觀，也就是從《紅樓夢》看清代人的婚姻觀。另一種可以斷為——從《紅樓夢》看清/人的婚姻觀。這可就厲害了，難道從《紅樓夢》竟然可以把我們人類的婚姻觀方方面面都透視出來嗎？於是大家可以想見，在香港辦講座通常只有小貓兩三隻的情況下，我這個講座差點兒是座無虛席了，因為估計好多人從海報上看都以為是第二種斷句！

　　從《紅樓夢》竟然能看清楚人類的婚姻觀？服的不服的都要跑來看看稀奇，所以可見我們孟春玲大師姐分寸拿捏得非常好，因為我記得我給她報了三個選題，她從中選了讓我講這個。雖然那時候我覺得，我另外的選題《紅樓夢的兩個英譯本和美國紅學的互相接受》很前沿啊很學術啊，但是現在我有了一點兒閱歷，再回看的時候，才會明白《從紅樓夢看清人的婚姻觀》受眾又廣，題目又巧妙，所以這個講座後來在不同的城市起碼講過十幾場，也有兩位學報編輯聽過之後，問我可不可以投稿給他們學報的。

　　但是在幾年前那個講座的晚上，我最高興的還是認

識了我們北大香港校友會的許多校友，而且有幾位還成為了好朋友。講座完了陳東師兄還請我們大家吃宵夜，當然很逗的是陳東師兄也批評了我，因為想必他也是被我那個題目給騙進來的。（對不起啊師兄，哈哈哈哈）他還認為，我講的這個不應該叫婚姻觀，而應該叫愛情觀，因為我沒有談到他們結婚之後的生活。所以他建議我以後也研究研究《金瓶梅》，把《金瓶梅》和《紅樓夢》結合起來才能夠談清楚人的婚姻觀。哈哈。

後來陳東師兄還安排了讓我跟劉再復老師、劉劍梅老師見面，我本來就對他們的紅學研究很感興趣，讀書的時候讀他們關於紅樓夢研究的《共悟人間：父女兩地書》，十分感動。只是我本人對《金瓶梅》研究實在不是很感興趣，我在美國哥倫比亞大學讀書的時候，商偉老師開了一門《金瓶梅》研究的課，但是我們同學下課後討論，有一個很經典的對比：看了《紅樓夢》裏的人一個一個死去，我們會覺得，好可惜好可惜！看到《金瓶梅》裏面的人一個一個死去，我們會覺得，死得好死得好！

當然，我認為陳東師兄是很有前瞻性的，你看田曉菲教授和劉曉蕾教授現在不都是認為《金瓶梅》比《紅

樓夢》還要好嗎？但是可惜的是術業有專攻，再加上人之所嗜酸鹹不同，恐怕我是辜負陳東師兄的期望了，我也很希望將來我們北京大學香港校友會再出一位研究《金瓶梅》的校友，我願意和他（她）一起把陳東師兄的這個期望發揚光大！

　　北京大學香港校友會除了不定期舉辦《紅樓夢》講座外，還做了很多很多的實事，可是給我印象最深的、最讓我感動的，是設立了北京大學貧困生獎助學金。在設立獎助學金前後，發生了兩件事，一是據統計，從農村升入北京大學的學子幾乎沒有了；二是出身貧困以 707 分的成績考入北大的河北女孩王心儀寫文「感謝貧窮」。

　　第一，這篇感謝貧窮的文章，多少人轉發，多少人同情，多少人批評……幾乎成了一件現象級事件。可是，又有多少人給王心儀捐助一毛錢呢？第二，我個人認為，不甘於貧窮、努力奮鬥，是值得肯定的，但是貧窮本身是不值得感謝的。

　　一個極有天資的孩子，假如不是貧窮的話，他（她）也許可以做出更高的成就。在這種情況下，我認為，北京大學香港校友會設立的這個貧困生獎助學金是非常有意義的，無論什麼時代、什麼社會、什麼時間，要讓窮

人家的孩子，看到光！

階級固化就一定好嗎？讓中產永遠是中產，底層永遠是底層，這跟我們所嘲笑的印度的種姓制度有什麼區別？流水不腐，戶樞不蠹，我們既要警惕向下流動，又要允許向上流動，不努力的中產「飛入尋常百姓家」，努力的底層「一日看盡長安花」。

北京大學貧困生獎助學金其中一項是資助貧困生來香港遊學，我想，這更有深遠意義，凱撒大帝曾經宣稱──「我來！我見！我勝！」（Veni，vidi，vici.）一個人的未來高度，是由他（她）的眼界決定！

一定有一些特別的緣分，才讓來自天南海北的我們，聚集到這同一個園子，所以讓那年長的拉著那些年幼的，強壯的扶持那些弱小的，我們一起走，不要走散了。

《紅樓夢》裏不是也有貧困生嗎？就是邢岫煙。家貧如洗，投靠到賈府，她的父母還要靠她接濟，以致於大冬天她要把棉衣當了，但她遇到了一個好老師 ── 妙玉，免費教她讀書識字，使她腹有詩書氣自華，雖然荊釵布裙，但是氣質超然，被四大家族的薛家看上，作了薛蝌的正房娘子，麻雀飛上枝頭變鳳凰。所以說，讀書改變命運，眼界改變世界。

《紅樓夢》的經濟中，還隱藏著這樣的悲痛

　　《紅樓夢》第八十三回，根據王濟仁診病診斷的症狀來看，「六脉弦遲，素由積鬱。左寸無力，心氣已衰。關脉獨洪，肝邪偏旺。」林黛玉已經病情嚴重，病症已經影響到性格言行，夜晚也不能安穩睡眠，一副油盡燈枯的脉象。

　　王濟仁給黛玉看完病後，心焦的紫鵑托周瑞家的向王熙鳳支用一兩個月的月錢。「如今吃藥雖是公中的，零用也得幾個錢。」饒是林姑娘的身份以及與王熙鳳的交情，王熙鳳也是躊躇不已，最後，鳳姐低了半日頭，說道：「竟這麼著罷：我送他幾兩銀子使罷。」開頭秦

可卿生病時，王熙鳳說「就是一天二斤人參也吃得起」；劉姥姥一個偶然連了宗的假親戚進賈府打秋風，王熙鳳隨便一出手就是二十兩銀子；連丫鬟襲人回個娘家，王熙鳳還送了貴重的衣物——一件石青刻絲八團天馬皮褂子；一件玉色綢裏的哆羅呢的包袱；一件半舊大紅猩猩氈的雪褂子。但是現在一貫和王熙鳳相處不錯的林黛玉油盡燈枯需要銀子使用之時，連幾兩銀子都需要王熙鳳猶豫半天，這形成了何等觸目驚心的對比。

這可是說著「天下竟有這樣標緻的人，我今才算見了」、「可憐我這妹妹這麼命苦，怎麼姑媽偏生沒了」的鳳姐姐，是說著「你既吃了我家茶，如何不與我家做媳婦」的鳳姐姐！否則，對於林黛玉，雖然鳳姐不願開了預支月錢的先例，私下餽贈方面至少要多於劉姥姥和襲人啊！互為表裏的是，周瑞家的同時告訴了鳳姐現在外面傳的歌謠，說是「寧國府，榮國府，金銀財寶如糞土。吃不窮，穿不窮，算來……」說到這裏，猛然咽住。原來那時歌兒說道是「算來總是一場空」。

我始終不敢去想，王熙鳳不願給病重之際的林黛玉預支兩個月的月錢，是因為月錢她放了高利貸，是捨不得那高利貸的利錢。無論如何，鳳姐姐不至於這樣狠心

吧！那一定是家裏著實艱難了，一定是的。

　　少年之時，恐怕我們都有王戎那樣恥言「阿堵物」的清高，都有「天生我材必有用，千金散盡還復來」的豪情。錢算什麼？經濟多庸俗，可是今日看林黛玉病重之時為了幾兩銀子這樣求告，王熙鳳為了幾兩銀子這樣躊躇，原來經濟之中，還有如此的悲痛。

　　現在都說「富養女兒」，「富養女兒」的條目中，最好加上一條怎樣培養女兒經濟獨立吧。讀史明智，不要讓女兒落到為難別人，也為難自己的境地。

談經濟，把《紅樓夢》變俗了嗎？

河南鄧州一紅樓夢愛好者問：我想請教一下發展《紅樓夢》的商業化問題。涉足商業，豈不是喪失了《紅樓夢》本身的清新底蘊？《紅樓夢》也要講經濟，是不是連《紅樓夢》最為深厚的文化心靈也會沾染趨向功利化的銅臭？

我回答道：如果說談經濟就是沾染銅臭的話，這位朋友還要回去再好好讀一讀《紅樓夢》。

從文本來看，《紅樓夢》談經濟俯仰皆是。

第一，我們來看探春與大觀園包產到戶。第五十六回〈敏探春興利除宿弊〉中，因鳳姐生病，探春、寶釵和李紈幫助理家。探春提出把大觀園承包給院子裏老媽

媽的做法，刨除了一家的開支，每年還能有節餘。

　　第二，我們來看王熙鳳與高利貸和典當。王熙鳳放高利貸儘管不對，但是從另一個角度來看，高利貸也是經濟，是王熙鳳錯誤地把高利貸當成了積累財富的手段。第七十二回〈王熙鳳恃強羞說病〉，老太太過生日，所有的幾千兩銀子都使了。幾處房租地稅通在九月才得，又要送南安府裏的禮，又要預備娘娘的重陽節禮，還有幾家紅白大禮，至少還得三二千兩銀子用。宮裏的太監又經常來賈府打秋風，一時難去支借，王熙鳳和賈璉只好央求鴛鴦，提出把賈母用不到的東西先偷出來一些當掉應急，之後再贖回。

　　第三，我們來看賈母分家產。第一○七回〈散餘資賈母明大義〉，賈太君因為賈家被抄，發揮中流砥柱的作用，開箱倒籠，將做媳婦到如今積攢的東西都拿出來，每房分給三千兩銀子，讓他們守著小門獨戶過日子。那些田地吩咐該賣的賣，該留的留，斷不要支架子做空頭。如今借此正好收斂，守住這個門頭。

　　這些都何嘗不是經濟？難道有損《紅樓夢》的清譽？

　　談經濟並不可怕，寶玉為什麼要下凡歷劫？開卷第

一回說了，他因見眾石俱得補天，獨自己無材不堪入選，遂自怨自歎，日夜悲號慚愧，所以他要下凡去圓他的補天夢，人世間的補天重任是什麼？其實不就是仕途經濟？

仕途經濟不是大家想的做個八股文就可以了，第一場考的是八股文，是從四書五經裏邊選擇材料來出題；第二場考的則是官場應用文，分上下往來的公文和根據提供的案例來撰寫司法判文兩種；第三場考策問，涉及的是具體的國計民生問題，要求考生給出對策和辦法，這個「策問」，考的就是經濟，也就是「經世濟民」之學！

比如我們來看一八八六年光緒帝的試題，策題分別以「帝王誠正之學，格致為先」、「用兵之法，貴乎因地制宜，舟師其尤要也」等為主題，延伸出的問題多達數十個，內容具體到對某一本書的看法、某一種戰艦由何人發明、某一次戰役該如何取勝、某幾類錢法的優劣等等。

最後還有一番總結，「夫稽古者出政之木也，講武者備豫之方也，設險者立國之基也，范金者理財之要也。爾多要舉以陳，勿猥勿並，朕將親覽焉。」

　　就像現在考公務員試卷中不是只有文科，還有法律、數學、經濟，都是和「經濟」有關的。

　　經濟不可怕，《紅樓夢》中也談到經濟；我們發展經濟也不可怕，關鍵我們發展經濟是為了什麼？

　　以前是文化搭臺經濟唱戲，以後不是這樣的。因為我們身體走的太快，靈魂跟不上了，所以需要文化引導。開發《紅樓夢》產品，《紅樓夢》戲劇話劇音樂劇歌舞劇影視劇，舉辦講座和讀書會，通過文化把遺失已久的一些傳統復興起來，一些審美復興出來，我們通過文化把整體的人生的審美提高，難道不是清流嗎？

假如《紅樓夢》中人去擺地攤，誰是王者？誰會倒閉？

假如《紅樓夢》中人去擺地攤，誰是王者？誰會倒閉？

倒閉第三名：秦可卿。

看看秦可卿小姐姐的攤位都賣什麼：

哎喲喲，這不是《紅樓夢》第五回秦可卿房間裏的軟裝嗎？看看，唐伯虎畫的《海棠春睡圖》；秦觀寫的書法「嫩寒鎖夢因春冷，芳氣籠人是酒香」；這是武則天梳妝用的寶鏡；這是趙飛燕跳過舞的金盤；還有安祿山扔的、砸傷了楊貴妃乳房的木瓜；壽昌公主在含章殿睡過的榻；同昌公主親手制的聯珠帳；西施親自洗過的紗衾；

紅娘抱過的鴛鴦枕頭。

「我這屋裏的東西，大約神仙也可以用的了。」

「啊？神仙才能用？算了，俺們凡人看看好了。」

秦可卿小姐姐的攤位：一天，卒！

倒閉第二名：王熙鳳。

看看王熙鳳姐姐的攤位都賣什麼：

這是外國茶，是《紅樓夢》第二十五回王熙鳳送給黛玉、寶玉、寶釵的暹羅國進貢來的茶。

哎喲，這是《紅樓夢》第五十一回王熙鳳吩咐給襲人的衣服，一件石青刻絲八團天馬皮褂子，一件玉色綢裏的哆羅呢的包袱，一件半舊大紅猩猩氈的雪褂子。

這兒還有一件王熙鳳吩咐給邢岫煙的大紅羽紗的雪褂子。

這是《紅樓夢》第七十二回的兩個金項圈，是王熙鳳為了應付前來賈府敲詐的太監，讓平兒把自己的兩個金項圈拿去典當的。看看，一個是金累絲攢珠的，珠子都有蓮子大小；一個是點翠嵌寶石的，兩個都和宮中之物不差上下。

「鳳姐姐，鳳姐姐，這件大紅猩猩氈都半舊了，可以打個折不？」

「愛買不買！把我王家的地縫子掃一掃，還夠你們過一輩子呢！」

王熙鳳小姐姐的攤位：立即，卒！

倒閉第一名：薛寶釵。

看看寶姐姐的攤位都賣什麼：

原來是《紅樓夢》第四十回薛寶釵蘅蕪苑的軟裝：數枝菊花，兩本書，一個茶杯；一頂青紗蚊帳。

「寶姐姐，寶姐姐，你家不是皇商嗎？就這？就這？」

寶釵大怒，待要怎樣，又不好怎樣，於是不理人。

「寶姐姐，寶姐姐，你擺地攤怎麼不說話呢？」

寶釵提筆寫下一句海棠詩社裏的詩「不語婷婷日又昏」。

於是，黃昏夕陽西下，寶釵攤位空無一人。

好了，看完倒閉的，我們來看看王者！

王者第三名：賈寶玉

看看寶哥哥的攤位都賣什麼：

「大家快來買快來看，需要奢侈品嗎？這裏有皇家用品，有元妃姐姐賜給我的紅麝香珠；有琪官送給我的茜香國女王進貢的茜香大紅汗巾子；有王室用品，有北

靜王送給我的鶺鴒香串。」

「需要衣服嗎？我這兒有俄羅斯國孔雀金線織的雀金裘。」

「需要進口藥嗎？我這兒有西洋一等寶煙汪恰洋煙；西洋貼頭痛的膏子藥依弗哪。」

「需要水果嗎？我這兒有送給探春妹妹的荔枝。」

「需要飯菜嗎？我這兒有送給晴雯的豆腐皮包子；送給襲人的糖蒸酥酪。」

「需要茶嗎？我這兒有送給晴雯的楓露茶。」

「需要酒嗎？我這兒有送給林妹妹的合歡花酒。」

「需要手工藝品嗎？我這兒有自己親自製作的胭脂膏子。」

「應有盡有，包你滿意。」

賈寶玉的攤位：人氣第一名！

王者第二名：林黛玉。

看看林妹妹的攤位都賣什麼：

喲，這不是第八回林妹妹生寶玉的氣，剪了的那個香袋嗎？雖然還沒做完，卻十分精巧，費了許多工夫。

看看，這是第四十五回，林妹妹送給寶玉的玻璃繡球燈啊。

這是第四十一回賈母給林妹妹的「軟煙羅」，王熙鳳都不認識。一共四樣顏色呢：一樣雨過天晴，一樣秋香色，一樣松綠的，一樣就是銀紅的，若是做了帳子，糊了窗屜，遠遠看著，就似煙霧一樣，所以叫作「軟煙羅」。那銀紅的又叫作「霞影紗」。如今上用的府紗也沒有這樣軟厚輕密的了。

林姑娘地攤這東西都只好看，都不知叫什麼，我越看越捨不得離了這裏。

林黛玉的攤位：精緻第一名！

王者第一名：妙玉。

看看妙玉姐的攤位都賣什麼：

呀，這是妙玉姐給寶釵喝茶用的瓟瓟斝，給黛玉喝茶用的點犀盉，給寶玉喝茶用的綠玉斗。別說瓟瓟斝和點犀盉是晉代王愷的珍寶咱買不起，就是那個綠玉斗，據說整個賈府也找不出來呢。都是古董！都是價值連城的好東西！太貴了買不起買不起！算了，這兒有個官窯小蓋碗，咱買個回去喝喝茶。

「妙玉姐，妙玉姐，你這官窯茶杯能不能便宜點？」

「一分都不能少！但可以贈送給你一個成化五彩小蓋盅！」

「好嘞！趕緊包起來！謝謝妙玉姐！您還有多少我包圓了！」

妙玉的攤位：大方第一名！

《紅樓夢》中這些女人們：因為沒有很多很多愛，她們選了很多很多錢

　　紅樓夢中的邢夫人、王熙鳳和李紈有共同點嗎？一般人的第一反應是，這幾個人除了有親屬關係之外，八竿子打不著啊，但其實她們有一個顯著的共同點——貪財。

　　邢夫人不用說，《紅樓夢》第七十五回她的弟弟邢大舅抱怨道，「我母親去世時我那時尚小，世事不知。他姊妹三個人，只有你令伯母年長出閣時，一分家私都是他把持帶來。」邢夫人做姑娘的時候就把家裏的財產搜刮得乾乾淨淨，當做嫁妝才能嫁到王侯之家的賈家。高嫁了之後，一昧吝嗇，也不管娘家的兄弟，以至於兄

弟的日子過得捉襟見肘，窮到需要寄居在蟠香寺裏，領
著女兒來投靠賈家後，邢夫人又把邢岫煙安置在迎春屋
裏，讓邢岫煙蹭迎春的東西使。

　邢夫人的這種安排，給邢岫煙帶來了很大的煩難，
因為月錢不夠使用，岫煙還被迫當了自己的棉衣：

　「姑媽打發人和我說，一個月用不了二兩銀子，叫
我省一兩給爹媽送出去，要使什麼，橫豎有二姐姐的東
西，能著些兒搭著就使了。姐姐想，二姐姐也是個老實
人，也不大留心，我使他的東西，他雖不說什麼，他那
些媽媽丫頭，那一個是省事的，那一個是嘴裏不尖的？
我雖在那屋裏，卻不敢很使他們，過三天五天，我倒得
拿出錢來給他們打酒買點心吃才好。因一月二兩銀子還
不夠使，如今又去了一兩。前兒我悄悄的把棉衣服叫人
當了幾吊錢盤纏了。」

　李紈更不用說，大觀園結詩社，李紈領著眾姑娘們
問王熙鳳要錢，王熙半開玩笑半揭露地說：

　「虧你是個大嫂子呢！把姑娘們原交給你帶著念書
學規矩針線的，他們不好，你要勸。這會子他們起詩
社，能用幾個錢，你就不管了？老太太，太太罷了，原
是老封君。你一個月十兩銀子的月錢，比我們多兩倍銀

子。老太太、太太還說你寡婦失業的，可憐，不夠用，又拉著個小子，足的又添了十兩，和老太太，太太平等。又給你園子地，各人取租子。年終分年例，你又是上上分兒。你娘兒們，主子奴才共總沒十個人，吃的穿的仍舊是官中的。一年通共算起來，也有四五百銀子。這會子你就每年拿出一二百兩銀子來賠著他們頑頑，能幾年的遠限？他們各人出了閣，難道還要你賠不成？這會子你怕花錢，調唆他們來鬧我。」

王熙鳳貪財是大家有目共睹的。她拆散張金哥與周守備之子的婚約，得到了三千兩銀子。「自此鳳姐膽識愈壯，以後有了這樣的事，便恣意的作為起來。也不消多記。」她還利用管家的職權，把丫環們的月份銀子錢拿去放高利貸，因此常常拖欠很長時間還沒有發月例。平兒告訴襲人說：「這個月的月錢，我們奶奶早已支了，放給人使了。等利錢收齊了才放呢。……這幾年拿著這一項銀子，他的月例公費放出去，利錢一年不到上千的銀子呢。」襲人得知了王熙鳳拖欠月例的真正目的，不由驚訝道，她還缺這個銀子使？

對啊，難道她們還缺這個銀子使？怎麼如此貪財呢？

在簡單化道德批評之外，也有這樣一種可能，甚至也許是邢夫人、李紈和王熙鳳自己都意識不到的：她們的貪財源於缺乏安全感，而且是特定時代特定人群的缺乏安全感。

她們都生活在古代，一個講求「在家從父、出嫁從夫、夫死從子」的三從時代。不管是邢夫人的出身小家門戶，李紈的出身書香門第，還是王熙鳳的出身名門望族，在出嫁了之後，她們的社會身份、地位和價值是要由她們的丈夫確定的。在女子無法用其他方式實現自己價值的情況下，丈夫就是她們的修行，婚姻就是她們的戰場，是戰功煊赫還是慘澹收場，這幾乎是唯一的評價標準。

因此，她們需要丈夫的認可，而為了獲得這種認可，不得不殫精竭慮，慘澹經營。邢夫人「只知奉承賈赦以自保」，即使丈夫已經兒孫繞膝，依然要左一個小老婆，右一個小老婆，她也毫不在意，甚至要親自說和鴛鴦來給自己的丈夫做妾：

「你跟了我們去，你知道我的性子又好，又不是那不容人的人。老爺待你們又好。過一年半載，生下個一男半女，你就和我並肩了。家裏人你要使喚誰，誰還不

動？現成主子不做去，錯過這個機會，後悔就遲了。」

王熙鳳生日宴上，賈璉和鮑二家的偷情，王熙鳳也不得不忍下。賈璉後來偷娶尤二姐，王熙鳳心中恨得咬牙切齒，但表面上卻和和氣氣把尤二姐接入賈府，並且姐妹相稱，以博一個「賢良之名」。

她們的目標向來都是更弱的女性——鴛鴦、鮑二家的、尤二姐，而不是她們的丈夫。只因哪怕她們看起來多麼氣勢洶洶，比如邢夫人拿了繡春囊問罪王夫人暗示管家不力，比如王熙鳳因賈蓉挑唆賈璉偷娶尤二姐而大鬧寧國府，她們本質上，只是菟絲和女蘿，只能纏繞在喬木——她們的丈夫身上。喬木怎麼可以倒塌？如果那樣，菟絲和女蘿何有立足之地？

所以看看李紈，因為她的丈夫賈珠死了，所以即使她的婆婆王夫人曾是管家婆，即使李紈自己也有管家的能力（雖然能力不如鳳姐，但是畢竟鳳姐病後，她和寶釵探春也一起管過家），卻「順理成章」地讓出管家權，「居家處膏粱錦繡之中，竟如槁木死灰一般，一概無見無聞，唯知侍親養子，外則陪侍小姑等針黹誦詩而已。」

賈珠已經死了，他不會再愛，也不會再保護李紈了。

　　而賈赦和賈璉呢？

　　賈赦對邢夫人怎麼樣？曹雪芹是很高明的，他早用了諧音法來暗示，可謂名如其人，「邢」同虛「赦」（形同虛設）。

　　賈璉對王熙鳳呢？第四十四回〈變生不測鳳姐潑醋〉裏，賈璉和鮑二家的鬼混被鳳姐捉到，賈璉的反應竟然是氣得牆上拔出劍來要殺鳳姐：「不用尋死，我也急了，一齊殺了，我償了命，大家乾淨。」第六十五回〈賈二舍偷娶尤二姨〉，賈璉已經是天天盼著鳳姐死了，「賈璉又將自己積年所有的梯己，一併搬了與二姐收著，又將鳳姐素日之為人行事，枕邊衾內盡情告訴了他，只等一死，便接他進去。二姐聽了，自是願意。」

　　邢夫人、李紈和王熙鳳，其實她們聚斂的錢財，足以豐度此生，甚至即使李紈為了兒子賈蘭，其錢財也足夠了，何況賈蘭還是那麼一個爭氣的孩子，他憑藉自己的努力就能「威赫赫爵祿高登」。所以啊，她們的貪財，有個人因素，也有潛意識的恐懼。亦舒小說中的著名人物喜寶說：「要麼給我很多很多的愛，要麼給我很多很多的錢。」因為沒有安全感，錢變成了她們的安全感。因為沒有很多很多愛，她們選了很多很多錢。

　　所以生在現代，我們比起哪怕是王侯貴族之家的女性，也已經有了更廣闊的平台和權利。我特別希望，女性能夠依靠自我的力量給自己很多很多愛，為自己掙很多很多錢，而不是依靠任何的其他人。女人擁有更多獨立，才能擁有更多選擇，更多自由，更多歡笑。

新編香港粵劇《紅樓彩鳳》之整體文化生態研究

　　新編香港粵劇《紅樓彩鳳》於二〇一〇年十月十八日在高山劇院上映，該劇由周潔萍女士編劇，耿天元先生導演，粵劇四大名旦之一南鳳女士飾演主角王熙鳳。

　　戲曲研究有三條路向，一是王國維先生開創的，研究劇本；一是吳梅先生開創的，研究曲譜；一是齊如山先生、周貽白先生、董每戡先生開創的，研究舞台表演。

　　回顧百年中國戲劇研究史，王國維的文字之美與考證之功，吳梅的聲韻之美與體味之深，齊如山、周貽白、董每戡的劇場之美與實踐之力，

典型地代表著戲劇研究的三種路向。三種路向各有擅場，卻又充滿著「文學性」和「演劇性」的張力。

如果將劇情改編、人物重塑、曲詞音效、舞台表演、舞美設計等作為一個生態圈，在綜合互動的基礎上，審視其藝術價值與意義，我們又會有什麼發現呢？

一、改造創新：《紅樓彩鳳》之劇情改編

《紅樓夢》的戲曲、戲劇改編雖然很多，但基本上可以歸納為兩種面向，一種是全景式，以徐進的越劇《紅樓夢》、王安祈的京劇《紅樓夢》、英文原版歌劇《紅樓夢》為代表。一種是橫截面式，以梅蘭芳的《黛玉葬花》、《晴雯撕扇》、《俊襲人》；歐陽予倩的《黛玉葬花》、《饅頭庵》、《寶蟾送酒》；荀慧生的《紅樓二尤》、《晴雯》；王安祈的《王熙鳳大鬧寧國府》為代表。

《紅樓彩鳳》屬後一種橫截面式，劇本共分六場：〈慶壽治喪〉、〈贈玉色迷〉〉、〈相思局毒〉、〈偷娶事發〉、〈迎府鬧府〉、〈嫁禍借劍〉，取材於《紅樓夢》第十一

回、第十二回、第十三回、第六十八回、第六十九回等幾個章節的部分情節，以王熙鳳為核心，全劇圍繞王熙鳳獨有的「能、媚、毒」展開。

第一場〈慶壽治喪〉：賈珍在寧國府大排壽宴，賈璉和王熙鳳前來恭賀賈珍並問起秦可卿的病情，賈珍提出可否讓王熙鳳幫忙來寧國府管一段時間的事情，王熙鳳答應之後，下場去看秦可卿。醉醺醺的賈瑞上場，不三不四地調戲王熙鳳，鳳姐心中大怒。

第二場〈贈玉色迷〉：賈璉見尤二姐貌若天仙，以九龍佩作為信物，欲納二姐為二房。二姐說自己不願與人為妾，何況聽說他的大房十分厲害，不敢造次。賈璉提出，會把自己的梯己都交給二姐來使用；他在小花枝巷另外有一處二十多間房子的物業，再給二姐置辦些奴婢，二姐婚後可以過上呼奴使婢的舒心日子；另外王熙鳳不但不能生子，而且身有重疾，很快就會去世，等到王熙鳳過身之後，馬上就把二姐接進府中扶正。賈璉許諾的美好前景打動了尤二姐，二姐點頭應允。

第三場〈相思局毒〉：秦可卿死去，王熙鳳前來寧國府協理喪事，充分顯示了理家才幹。王熙鳳志得意滿回府，卻又碰到賈瑞又來糾纏，王熙鳳極為憤怒，假約

他三更在過道相會，實際上卻凍了他一夜。賈瑞再次上場，已經滿面病容。跛足道人贈他一面風月寶鑒，賈瑞執意要看正面，卻是王熙鳳招手叫他，賈瑞大喜過望，鑽入鏡中，出入幾次，一命嗚呼。

第四場〈偷娶事發〉：王熙鳳聞知賈璉偷娶，大怒審問興兒，興兒招認尤二姐已經懷孕的事實，王熙鳳大驚失色。賈璉辭別二姐去平安州辦事，已有身孕的二姐希望有機會能夠早日進府有個名分。

第五場〈迎府鬧府〉：賈璉走後，王熙鳳花言巧語哄騙二姐進了府。又氣勢洶洶地殺進了寧國府，向尤氏問罪。

第六場〈嫁禍借劍〉：尤二姐進府後備受欺凌。賈璉歸家，父親賞給他一個丫鬟秋桐，王熙鳳暗暗定下「驅虎吞狼，借劍殺人」之計。二姐身孕被庸醫打下，王熙鳳趁機挑撥秋桐，說因她屬兔沖了尤二姐導致流產。秋桐大罵尤二姐，尤二姐萬念俱灰，吞金自盡。

《紅樓彩鳳》劇本相對原著來說有所改造和創新。首先是根據時代進行了改寫，因為原著中賈璉偷娶尤二姐正是國孝、家孝時期。國孝是因為《紅樓夢》第五十八回提到宮中老太妃薨逝，凡誥命等皆入朝隨班按爵守

制。家孝是因為賈璉的大伯賈敬,也剛剛亡故沒有多久。賈璉要娶的對象——尤二姐,是賈珍的妻妹,賈敬是賈珍的父親,所以在賈敬的喪期內,對於尤二姐來說,畢竟死者是自己姐姐的公公,無論如何也算自己的長輩親人,對於賈璉來說,死者賈敬是自己的伯父。

老太妃去世的時候,要行國孝之禮,所以那年的元宵節沒有燈謎,而且皇帝還敕諭天下:

> 凡有爵之家,一年內不得筵宴音樂,庶民皆三月不得婚嫁。

古代社會在國孝期間不能進行任何娛樂活動,更不用說娶親這樣的大喜之事。因此,在太妃國喪和賈敬家喪期內,賈璉偷娶尤二姐違反了封建倫理綱常,故而王熙鳳大鬧寧國府時指出這是重罪:「國孝、家孝兩重在身,就把個人送來了」「給你兄弟娶親我不惱,為什麼使他違旨、背親,將混帳名兒給我背著?」

所以原著中鳳姐去小花枝巷哄騙尤二姐進榮國府時,「只見頭上皆是素白銀器,身上月白緞襖,青緞披風,白綾素裙。」她的穿著打扮不僅符合國喪家喪的要

求，更是佔據道德高地的外在表現，以此無言地對尤二姐形成威壓譴責其不知禮數。

但是《紅樓彩鳳》刪去了「國孝家孝」這些現代觀眾比較陌生或者不感興趣的部分，而將其直接改寫為大房和二房的妻妾矛盾，以及貪慕虛榮、輕信渣男的美女最後付出了生命的代價，以爭取年輕觀眾。

其次是運用了「移花接木」的手段。原著中賈璉偷娶尤二姐正是在壽筵和喪禮之後，但那是寶玉的生日，第二天就聽說賈敬賓天，需要有人看房子，尤老娘才有機會帶著二姐三姐進入寧國府。但是劇本將它改成了賈珍壽宴和秦可卿葬禮連接起來，賈珍過生日，二姐就有機會來到賈府，因為畢竟賈珍也是她的姐夫；秦可卿喪禮，是為了讓鳳姐有機會顯示她的才幹，同時管理兩府導致鳳姐非常忙碌，就給了賈璉見到並偷娶尤二姐的機會。

再次是用傳統戲曲中的「密針綫」對原著做出了創造性改寫。原著中鳳姐協理寧國府的因遲到挨打的是個女僕，《紅樓彩鳳》換成了一個男僕。這一來是為了喜劇效果，因為打完之後，這個男僕還會揉著屁股一瘸一拐地上場，惹人哄堂大笑，如果是個女僕，就缺少這種效

果。二來這個男僕也正是在第一場寧府壽宴之中幹活懈怠被管家呵斥的那一個紅鼻子男僕，所以又和第一場形成了呼應。這個男僕紅鼻子的設計頗有巧思，一方面，這紅鼻子可以讓他在眾多僕役顯得極為醒目，給觀眾留下深刻印象；另一方面，這紅鼻子可能是貪杯造成的酒糟鼻，這就讓他常常渾渾噩噩遲鈍遲到有了合理性。

又次是運用心理學原理對原著做出了創造性改寫。

（賈瑞白）唉！二奶奶！我那親嫂嫂！你真喺捨得將我一個人……丟低喺過道之中咩？

（賈瑞續唱曲）有步聲近，嫂子莫非憐我摯誠遲來臨，我心急如焚，一見必攬腰索吻贈！

（賈瑞白）親姐姐啊……想死我嘞……哎呦……我那小親親啊……

（賈瑞白）我嘅親嫂嫂！

（老嫗白）非禮呀！來人呀！非禮呀！

（老嫗白）死啦你！食老娘豆腐！佔老娘便宜！想要食豆腐吖嗱……

呢桶仲熱喇喇，益你啦！

　　等到天色將明要離開的時候，碰到一個早起拎著馬桶倒屎尿的女僕，賈瑞情急之下把那個老嫗誤認為是鳳姐前來幽會，上前摟抱，結果女僕大怒，用馬桶裏的屎尿水潑了他一頭。老嫗的形體、衣著與鳳姐大相徑庭，她提著滿是糞便的馬桶，臭氣非常之明顯，但是賈瑞在這種情況下還一廂情願地叫著「親嫂嫂」「小親親」把她當成鳳姐攬腰抱住，這一幕充分刻劃了賈瑞的意亂情迷，色令智昏。

　　真正的「戲劇語言」不是文章，而正是這種「動作的語言」，是動的而不是僵化乾癟、無生命的語言；一個字，一句話，都蘊藏著無限豐富的內心動作、無數句的「潛台詞」，都是人物的靈魂在說無聲的話語。

二、形象改寫：《紅樓彩鳳》之人物重塑

　　《紅樓彩鳳》改造了尤二姐的形象，以爭取觀眾的同情。

　　　　（賈璉白）二姐呀！你唔使擔心嘅！（【反綫中板下句】）花枝巷口舍廿間，首飾妝盒蟠鬐

挽，花轎迎門進，扶傍有丫鬟。。此後二姐有所依，老娘晚景享安頤，奴僕一聲傳，便來遞茶添飯。奉上私己錢，任由二姐管算，恩深情千萬，護花一俊男。。（【七字清中板上句】）鳳姐妻室頻病患。已難治愈體弱殘。。一年半載徒力撐。屆時就會別塵寰。。（【滾花上句】）扶你作正室享尊榮，二姐所愁全消散。

　　賈璉把梯己交給尤二姐收管，以及說鳳姐身體差一年半載就會死去，到時迎她進府扶正，這都是偷娶尤二姐之後，賈璉說給二姐的。但編劇把它提在偷娶之前，作為賈璉對尤二姐的承諾，二姐才欣然同意，這個劇情銜接是很巧妙的。

　　原著中二姐雖然命運可悲，但是畢竟她和賈珍賈蓉父子有聚麀之亂，有著不堪的過往，但是編劇把這些都刪掉了。而且《紅樓彩鳳》中改為二姐不願給賈璉做妾，所以賈璉才有了這段說辭，入情入理，二姐這才答應。這樣，二姐就從原著中一個帶有一些輕浮、風流的形象改變成了一個稍有點兒愛慕虛榮而天真、輕信的形象。

《紅樓彩鳳》還從人物之間的關係出發，創造性改寫並和原著相結合。

（王熙鳳【連環西皮】）鬼鼠不應！鬼鼠不應！嫁妹內情，暗中達成，狂追究竟！

（尤夫人【連環西皮尾腔】）哎吔吔！二嫂無故鬧不停。。

（王熙鳳介）呸！（【古老快中板下句】）塞肺眼，無視我正室名。。

教唆二爺行歪徑。尤氏送女賈家承。。欠三書，無六證。偷著嫁妹為何情。。莫非天下男兒，死光無個剩。

（王熙鳳浪白）唉！是否想趕走我吖？只要俾我一紙休書，我……我立刻就走！

王熙鳳鬧府這一場，賈璉偷娶尤二姐，缺少三媒六證；以及王熙鳳說，給我一紙休書我就走，都是原著中原有的內容。但是痛罵尤氏，說她不該把妹妹送到賈府，是尤氏促成了賈璉偷娶尤二姐，這些是該劇的創造，因為原著之中，攛掇賈璉偷娶尤二姐的是賈蓉，而

且賈蓉也沒有安什麼好心，只是覺得賈璉偷娶在外，不常在家，他可以時常前去鬼混。但是如果把這些都表現上去，一則對二姐的形象有損；二則人物太多，頭緒太繁，是戲曲之中的大忌，因此這種「刪減」借鑒了傳統戲曲創作手法「減頭緒」：

> 作傳奇者，能以「頭緒忌繁」四字刻刻關心，則思路不分，文情專一，其為詞也如孤桐勁竹，直上無枝。

所以該劇刪去賈蓉，讓尤氏成為促使賈璉偷娶尤二姐的背後主使。這場也頗能說服觀眾，因為尤氏和尤二姐，雖然不是同父同母的親姐妹，但是自己的妹妹如果嫁給了賈璉，賈璉不但是青年公子，而且也算是榮國府的當權之人。有很多人想在榮國府謀一份差事，也要走賈璉的門路。林黛玉回蘇州奔喪，也是賈璉護送。賈赦要石呆子的扇子或是去平安州辦什麼事情，也是委託賈璉去做。所以，如果自己的妹妹和這樣的一個人結合，尤其是在王熙鳳無子的情況下，自己的妹妹如果能有一兒半女，就算立下腳了。那麼姐妹倆，一個在寧國府，

一個在榮國府,是有互相利益關照關係的。所以尤氏同意賈璉偷娶尤二姐,從這個層面上來說也是合理的。所以在唱詞中,編劇把自己的創造和原著中的原意,渾然一體地結合在一起,行雲流水,毫不生硬。

三、因人而設:《紅樓彩鳳》之曲詞音效

吳梅先生指出,劇曲之製作,重在聲律,因此他對「調名」、「平仄」、「陰陽」、「論韵」,到「正訛」、「務頭」、「十知」、「家數」等都細細講求。浦江清先生亦指出:

> 戲曲在文學之美以外,尚有聲律,吾人即僅有志於讀曲,欲衡量古人之劇本,而知其得失,曲律研究終不可廢也。

浦先生雖然說衡量古人之劇本需考究曲律,但衡量今人之劇本豈不然乎?以曲詞而論,《紅樓彩鳳》有其特殊性。一方面在於它是地方劇,用的是南音,因此有些詞匯是粵地獨有。如王熙鳳毒設相思局時,與賈瑞的一番粵語對白:

（王熙鳳笑介白）哎喲！瑞大爺哄我嘅！你點會肯到我這邊來吁？

（賈瑞急白）我若在嫂子面前有一句假話，願受天打雷劈！

（王熙鳳白）瑞大爺真喺個知情知趣嘅人嘞！不過日光白日，人來人往，我哋傾偈談心就唔喺幾方便嘅！不如咁啦……（【木魚】）明晚榮府至詳傾講。掌燈時分你偷進西廂。。春櫈放在穿堂上。你候我三更去會郎。。

（賈瑞接）嫂子呀！你別來哄我成失望。知否人多過道我欲避無方。。

（王熙鳳接）我自會使走眾人無阻障。你緊為履約莫遺忘。。（收白）你記得囉嘛！

轉譯為普通話如下：

（王熙鳳笑介白）哎喲，瑞大爺騙我呢，你怎麼會到我這邊來呢？

（賈瑞急白）我若在嫂子面前有一句謊話，叫我天打雷劈。

（王熙鳳白）瑞大爺真是個知情知趣的人啊，不過光天化日，人來人往，我們說話談心就不是很方便呀。不如這樣吧，明晚榮國府我們才詳細講，掌燈時分你偷進西廂。春凳放在穿堂上，你等我三更去會郎。

（賈瑞接）嫂子呀，你別來哄我變失望，要知道過道人多我欲避無方。

（王熙鳳接）我自會遣走眾人無阻障，你要緊記履約莫遺忘。（收白）你記得喲！

這段唱詞中很多粵語獨有的詞彙，比如「點」是「怎麼」，「喺」是「是」，「我哋」是「我們」，「傾偈」是「談話」，「唔喺」是「不是」，「咁」是「這樣」，「至」是「才」。元曲和明清傳奇，入目輒解，但是粵劇的劇本，不曉粵語的話，理解方面可能會產生較大偏差。

另一方面，唱詞上面有很多處，如「會郎」、「無方」、「遺忘」之後都有兩個「。」號，這並非失誤多寫了句號，而是粵曲獨特的標音方式。

即使單以戲曲當文學作品讀，對於律的常識

仍須具有，猶之讀西洋詩，不能不知道西洋詩律。

為更清楚標示，再舉《紅樓彩鳳》中王熙鳳協理寧
國府的唱詞：

　　（王熙鳳唱）（【十字清中板下句】）二十個，
分作兩班聽從頭。。遞飯茶，外來親朋勤侍候。四
十個，分作兩班有範疇。。守靈堂，掛幔上香頻奠
酒。二十個，日夜門戶守輪流。。剩餘人，領資派
物防失漏。如損壞，一律賠償要還酬。。（轉【浪花
上句】）若有貪酒偷懶聚賭錢，即時查問當追咎。

「從頭」、「範疇」、「還酬」之後也都有兩個「。」
號。而且「毒設相思局」中，「明晚榮府至詳傾講」和
「掌燈時分你偷進西廂」之間，「春凳放在穿堂上」和「你
候我三更去會郎」之間，「你別來哄我成失望」和「知否
人多過道我欲避無方」，以及「我自會使走眾人無阻障」
和「你緊為履約莫遺忘」之間，都應該用「，」號，為
什麼用的是一個「。」號？

　　原來，「。。」是粵曲梆黃格式中代表下句（押平聲

韵）的符號，是對演員的提示，因為唱的收音有分別的。

「。」代表上句（押仄聲韵），也是對演員唱曲收音的提示。

周貽白先生指出賓白的重要性，「且戲劇之為戲劇，全仗曲、白相互為用，賓白在戲劇裏所占的地位，其重要並不亞於曲子。」董每戡先生進一步指出賓白對塑造人物的作用：

> 人物內心和外表所應有的戲都可以在這些「白口」中找得到，幾乎沒有一句話不是作者依據「規定情境」和客觀存在的人物性格而推敲琢磨出來的，決非演員可以隨便地臨時湊成的。

《紅樓彩鳳》尤二姐在吞金自逝之前，曾悲慟地說道：

> （【詩白】）雪作肌膚遭人怨，花為腸肚世人嫌。。春恨秋悲皆自惹，花容月貌為誰妍？

這段詩白創造性地融會和改創了《紅樓夢》原文。小說中「雪做肌膚」、「花為腸肚」只是用來形容尤二姐

的美貌，但是《紅樓彩鳳》在其後加了「遭人怨」、「世人嫌」之後，境界意味完全不同了，從讚嘆美貌一變為嘆息紅顏薄命。「春恨秋悲皆自惹，花容月貌為誰妍？」本來是第五回寶玉夢遊太虛幻境時看到薄命司的對聯，但他匆匆翻閱正冊副冊又副冊時，由於是偷看跳讀，副冊他只看了香菱就丟下了，沒有見到是否有尤二姐，然而，聯繫到尤二姐的容貌、性格、命運，很多學者已經指出尤二姐應該屬於薄命司裏的副冊中人。那麼，這對聯移到尤二姐死前自嘆，與前面因美遭嫉連在一起，成為她短暫一生的「蓋棺論定」，委實十分貼切。

此外，在音效方面，尤其是鳳姐提審興兒之前，以及要衝進寧國府找尤氏算帳上場之前，都用大鑔開場，然後鳳姐出場，營造鳳姐氣勢洶洶，怒火衝衝，黑雲壓城城欲摧的氣場。

四、不言而喻：《紅樓彩鳳》之舞美設計

戲劇本來就具備著兩重性，它既具有文學性（Dramatic），更具有演劇性（Theatrical），如只談「文字」或「音律」，戲劇的獨特魅力及完整性必定大受影響：

　　戲劇本為登場而設，若徒紀其劇本，則為案頭之劇，而非場上之劇矣。

　　董每戡先生更進一步指出論戲曲必須強調舞台演出的重要性：

　　論一個劇本非從舞台演出角度來論不可。「戲曲」壓根兒不只是「曲」，而是「戲」，綜合藝術的戲。

　　《紅樓彩鳳》表演方面頗能傳神。主角王熙鳳的飾演者南鳳是當今香港粵劇界四大名旦之一，她扮相俏麗，聲音甜美，尤其擅於掌握角色神髓，這部《紅樓彩鳳》就是為她量身定做，南鳳女士也不負所望，貢獻出了精彩的表演。

　　其一是她審問興兒的場景，王熙鳳梳著高髻，戴著一隻張牙舞爪的銀色大鳳凰，把她的頭髮完全覆蓋，幾乎不露出一絲黑髮，鳳身都被亮晶晶的水鑽填滿，隨著演員的動作，這晶光燦亮的銀色大鳳凰向四面八方閃著寒光。這一場她的衣服上只有淡淡的綉花，整體服色是白色，幾乎和背後那張著鷹搏兔的底色一樣。興兒剛開

始還想抵賴，當王熙鳳對他呲目相向，和背後那隻蒼鷹的獰厲眼光「審美融合」，滿座冷冽肅殺，興兒不寒而栗，不由自主就跪下了。

其二是她和尤氏告別之時，執手假笑。王熙鳳認為尤氏安排了尤二姐偷嫁，威脅了自己的地位，但是又被尤氏搬出沒有子嗣堵嘴，還要她向賈母請求准許，心中怒火萬丈，絕對不會善罷甘休，但是為了不打草驚蛇，同時又為外在的假體面，只有佯裝笑容。先是「嘻嘻」兩聲，突然換作怒容；馬上換成「哈哈」笑顏，再立即改成怒容；最後又以「呵呵」笑容結束，拂袖而去。從這翻臉如翻書的笑怒之間的轉變，不著一詞，觀眾就可以清楚地窺見她的內心。

其三是賈璉為了安撫王熙鳳的疑心，假意掏出一張八百兩銀子的銀票，說是自己賺來的錢，交給王熙鳳保管。可是等王熙鳳伸手去取，賈璉又忍不住緊拉不放，王熙鳳和他來回拉扯幾次，這可以明顯看出是借鑒了周星馳《喜劇天王》中的表演。

其四是劇末的科諢。王熙鳳說起秋桐屬兔之時，忍不住罵秋桐「兔女郎嗎？」觀眾先是一楞，接著哄堂大笑。因為「兔女郎」雖然是現代的，而且是美國的舶來

品，王熙鳳當然不可能這麼說。但是想到「兔女郎」代表的妖嬈性感形象，這一句真是生動傳達了王熙鳳對年輕美貌囂張「妖艷賤貨」秋桐的嫉恨。這在粵劇中稱之為「爆肚」，是指演員在台上臨時加插的對白（劇本原先沒有），通常是搞笑的成份居多，以營造氣氛。

《紅樓夢》中也有類似的科諢場景，第五十三回〈寧國府除夕祭宗祠　榮國府元宵開夜宴〉：

> 正唱《西樓・樓會》這出將終，于叔夜因賭氣去了，那文豹便發科諢道：
>
> 「你賭氣去了，恰好今日正月十五，榮國府中老祖宗家宴，待我騎了這馬，趕進去討些果子吃是要緊的。」說畢，引的賈母等都笑了。

南鳳女士在表演過程中廣泛使用心理學，借鑒電影表演橋段以及現場發揮做一些科諢，這都表現了老藝術家對自己表演藝術的精益求精。

不僅主角如此，配角也烘雲托月。舞台表演上還有一處既傳神又精妙的是關於賈瑞進入風月寶鑒和鳳姐雲雨的情景。然而鏡小人大，如何表現進入？但見賈瑞手

執鏡子，兩眼放光，又把鏡子放在桌上，雙手把在桌兩側，身體前傾，雙目盯住不放，同時通過唱詞和道白向觀眾說明鳳姐正在鏡中伸手招他。

但見賈瑞猛地站起來又彎腰俯下身去，越來越低，越來越低，他竟然鑽進了鏡子下面的桌肚裏，只剩下一隻腿翹在在外面，左右搖晃。

等他再從桌肚下鑽出來，目光渙散，腳步虛浮，但是仍然對著鏡子戀戀不捨。因此忍不住又鑽入鏡中，只是這一次全身都進入了。比之前再稍久一些，賈瑞鑽出來，身體更加浮飄，猶在連呼寶鏡不止，還想要再入鏡中與鳳姐一會，只是身體已經癱倒在椅子上，目光發直，嗚呼哀哉。

> 人物形象和情節結構所體現的思想性和藝術性，它是必須由演員扮演於舞台之上、觀眾之前的東西。

王熙鳳毒設相思局的狠辣，把苦尤娘賺入榮國府借刀殺人的機巧，面對尤氏時「上頭一臉笑，腳下使絆子」的虛偽，以及賈瑞對鳳姐至死不悟的痴迷，這些都通過

演員精心揣摩通過傳神的表演傳達出來。

《紅樓彩鳳》的舞台布景與服裝設計獨具匠心，和劇情非常貼合。寧府壽宴所見遠景是王府的亭台樓榭，前景池塘中又見紅蓮盛開，舞台左側是玲瓏的太湖石。這塊太湖石，賈瑞曾經為了偷見鳳姐遮掩過自己的身形，賈璉為了偷見尤二姐也用這塊兒太湖石遮掩了身形，暗喻賈瑞和賈璉的同質性。

而尤二姐在住小花枝巷的時候，背景又改成比較寒素的白牆黑瓦。當尤二姐被騙入賈府，在這裏受盡折磨，又被打下胎兒時，背景整個是一面落地瑣窗。這瑣窗猛一看傳統、古典、優美，仔細一看，像是由柵欄和枷鎖組成的，寓意尤二姐已經變成籠中鳥，插翅難逃。

最值得贊賞的是第四場，鳳姐得知賈璉在外偷娶尤二姐，所以審問賈璉隨身男僕興兒的場景，鳳姐背後是一幅畫——蒼鷹搏兔圖。畫中的蒼鷹幾乎佔據了畫面整個位置，正在從空中俯擊，目光狠毒，惡狠狠地伸著鋒利的爪子，其目光與爪牙所向，不問可知獵物的在劫難逃。這一方面比喻了王熙鳳審問興兒時的狠毒；另一方面，又預示了尤二姐萬無生理。

齊如山先生在《中國劇之組織》中指出：

> 中國劇腳色所穿之衣服，名曰行頭。其樣式
> 制法，乃斟酌唐宋元明，數朝衣服之樣式，特別
> 規定而成者。故劇中無論何等人，穿何種衣服，
> 均有特定規矩。不分朝代，不分地帶，不分時
> 季，均照此穿法。

《紅樓彩鳳》還進一步把服裝和劇情結合起來。
尤二姐換了四套服裝，第一套是婚前，她還無憂無慮
在花園賞花，服色為天青色，領子上繡折枝綠萼梅，
輕盈嬌艷，美髮前後都精心地飾以珠花。第二套是婚
後，服色為洋紫紅色，上繡金綫菊花，美麗優雅，滿
頭珠圍翠繞。第三套是被鳳姐騙進榮國府後，服色忽
然變成暗淡的湘妃色，頭上飾物寥落。第四套是落胎
後準備吞金自盡前，胡亂穿著一身白衣，外面罩著一
層短短的暗紫色綢紗，頭髮上一件飾物也無，披頭散
髮，目光渙散。不落言筌，觀眾就已了悟尤二姐人生
中的不同階段與心境。

齊如山先生定下四條「國劇原理」：有聲必歌，

無動不舞，不許真物器上台，不許寫實。但齊如山先生的「國劇」基本上專指「京劇」，因此，香港粵劇並不拘泥於「不許真物器上台」，跛足道人真的給了賈瑞一面鑴刻著「風月寶鑒」的鏡子，而當賈瑞自言自語為什麼讓我只照反面？他背對觀眾，慢慢將鏡子拿起面向觀眾，只見鏡中突然真的現出一個齜牙咧嘴的骷髏頭，賈瑞嚇得跌坐椅子上，觀眾也不由嘆其神妙。假如說沒有這個真物器，只憑賈瑞憑空表演，就沒有這等出神入化。

將劇情改編、人物重塑、曲詞音效、舞台表演、舞美設計等作為一個整體生態圈來對香港粵劇《紅樓彩鳳》予以考察之後，可見戲曲改編作為《紅樓夢》傳播的重要載體之一，具有其獨特性和不可復刻性。香港的粵劇紅樓戲改編不但拓展了《紅樓夢》的傳播地域，其生成機制和運作模式也會對其他劇種的《紅樓夢》戲產生「它山之石，可以攻玉」的積極意義。

（本文為香港研究資助局資助項目「《種芹人曹霑畫冊》文化生態學研究」（項目編號：UGC/FDS13/H02/19）的階段性成果。）

輯

二

《紅樓夢》的頭髮與養生

　　《紅樓夢》描述過幾個女子有一個共同的特點，都有一頭烏黑的頭髮。比如說，小紅「倒是一頭黑鬒鬒的頭髮，挽著個鬈，容長臉面，細巧身材，卻十分俏麗乾淨。」芳官「一頭烏油油的頭髮披在腦後」。鴛鴦「長得蜂腰削肩，鴨蛋臉，烏油頭髮」，鴛鴦抗婚的時候，曾經用剪刀剪頭髮，準備去當姑子去，但是「幸而他的頭髮極多，鉸的不透，連忙替他挽上。」寶釵也是「頭上挽著漆黑油光的鬈兒」。

　　就連寶玉也有一頭漆黑頭髮，「頭上周圍一轉的短髮，都結成小辮，紅絲結束，共攢至頂中胎髮，總編一根大辮，黑亮如漆。」但是《紅樓夢》中卻沒有寫跟寶

玉關係非常密切的王熙鳳和林黛玉的頭髮怎麼樣。請看對王熙鳳和林黛玉的外貌描寫，精心地寫了她們的眉眼，王熙鳳是「一雙丹鳳三角眼，兩彎柳葉吊梢眉」，林黛玉是「兩彎似蹙非蹙罥烟眉，一雙似泣非泣含露目」，但是卻對頭髮沒有著墨。甚至還寫到了王熙鳳「頭上戴著金絲八寶攢珠髻，綰著朝陽五鳳掛珠釵」，卻不寫她頭髮如何。即使珠翠滿頭，也不至於完全遮蔽了頭髮。而頭髮一向是古典美人的標配之一，從來有「青絲」「烏雲」的美稱。但是對以美貌著稱的王熙鳳和林黛玉來說，《紅樓夢》為什麼沒有寫她們的頭髮呢？

這顯然不是因為關係遠近熟悉程度和親疏，因為小紅對於寶玉來說只不過是見了一兩面的小丫頭，但是寶玉跟王熙鳳和林黛玉相處的時間非常長，他連她們的眉眼都如此注意，怎麼會忽略掉她們的頭髮呢？王熙鳳曾經跟賈璉大鬧，結果頭髮亂了，這個時候卻沒有對頭髮的顏色、質地給予描寫。

《紅樓夢》中也側面寫到過林黛玉的頭髮，黛玉開玩笑讓惜春畫《携蝗大嚼圖》，眾人哄堂大笑。

　　　　寶玉和黛玉使個眼色兒。黛玉會意，便走至

里間將鏡袱揭起，照了一照，只見兩鬢略鬆了些，忙開了李紈的妝盒，拿出抿子來，對鏡抿了兩抿，仍舊收拾好了，方出來。

之後，寶釵給惜春出主意給她開具繪畫的用具，結果林黛玉打趣寶釵把自己的嫁妝單子寫上了，寶釵「把黛玉按在炕上，便要擰她的臉」，結果把頭髮給弄亂了，於是寶釵又替黛玉整理：

> 寶釵用手攏上去。寶玉在旁看著，只覺更好，不覺後悔不該令他抿上鬢去，也該留著，此時叫他替他抿去。

然而，這樣關注林黛玉的頭髮，卻也沒有描寫林黛玉頭髮的顏色和質地。因此，很有可能王熙鳳和林黛玉也都有一頭秀髮，可是卻達不到黑鬒鬒烏油油的程度。那麼寶釵、小紅、芳官都有一頭烏黑好頭髮，王熙鳳和林黛玉則不如之，這是一種偶然現象嗎？事實並非如此，《紅樓夢》的這種描寫是反映了現實，有理可據的。

中醫認為「髮為血之餘」。因此，一個人的頭髮好

不好，是跟氣血有著很大的關係的。而根據現代的醫學分析，更可以看出頭髮是跟飲食、作息和心情有極大關係。

首先，從飲食來看，寶釵、小紅、芳官她們的飲食比較清淡。寶玉去寶釵所住的梨香院，薛姨媽招待她的是糟鵝掌鴨信、酸笋雞皮湯、碧粳粥。給芳官吃的飯原本是「一碗蝦丸雞皮湯，又是一碗酒釀清蒸鴨子，一碟腌的胭脂鵝脯，還有一碟四個奶油松瓤卷酥，並一大碗熱騰騰碧熒熒蒸的綠畦香稻粳米飯。」芳官卻說：「油膩膩的，誰吃這些東西。」只將湯泡飯吃了一碗，揀了兩塊腌鵝就不吃了。

寶釵不愛吃特別的食物，而且有滋陰的藥物「冷香丸」時時養護身體。寶釵的哥哥薛蟠得到了「這麼粗這麼長粉脆的鮮藕，這麼大的大西瓜，這麼長一尾新鮮的鱘魚，這麼大的一個暹羅國進貢的靈柏香熏的暹豬」，讓寶釵吃，寶釵卻說「我知道我命小福薄，不配吃那個。」寶釵所吃的冷香丸，是用白牡丹花蕊、白芍藥花蕊、白芙蓉花蕊等等鮮花花蕊做成，且有滋陰平喘的作用，專解「熱毒」。

而且寶釵勸黛玉說「食穀者生」。芳官愛喝惠泉酒，

惠泉酒作為「蘇式老酒」的典型代表，以地下優質泉水和江南上等糯米為原料，主要採取半甜型黃酒的釀造工藝，經過多年窖藏而成。從中可以看出，她們比較偏好米飯。

其次，從作息來看，她們的作息都比較規律，雖然說寶釵為了達到一個封建淑女的要求，常常做活到三更，但基本上她不會熬夜。

> 寶釵因見天氣涼爽，夜復漸長，遂至母親房中商議打點些針綫來。日間至賈母處王夫人處省候兩次，不免又承色陪坐半時，園中姊妹處也要度時閒話一回，故日間不大得閒，每夜燈下女工必至三更方寢。

而小紅芳官就更不用說了，寶玉生日的時候，她們才偶然有熬夜的行為。

再次，從性情上來說。大家公認都說寶釵心胸寬大；小紅則是說話爽快，言語簡便；芳官受了乾娘和趙姨娘的氣，更是當時就要發作出來，雖然說這個行為未必得體，但是她不把氣憋在心裏。

以現代醫學科學的分析，飲食清淡則脾胃比較平和，能夠順利地把營養輸送到全身。穀物中所含的 B1、B6 和其她 B 類元素有助於頭髮黑色素的形成。

作息規律不熬夜，這能夠使一種很重要的元素絡氨酸酶順利從頭髮毛囊輸送到髮梢。酪氨酸酶（Tyrosinase）是一種氧化酶，且是調控黑色素生成的限速酶。這種酶參與黑色素合成的兩個反應：第一步將單酚羥基化為二酚，第二步將鄰二酚氧化為鄰二醌。鄰二醌再經過幾步反應後就變為黑色素。這種元素不足，頭髮就會變得顏色發黃，甚至灰白。

另外，頭髮也和睡眠、情緒、精神壓力等神經性因素有關，如果精神狀態不佳、營養不均衡、經常熬夜也會影響頭髮。

用這三個方面來觀察的話，就會發覺，王熙鳳和林黛玉的頭髮沒有那麼好是有理由的。首先她們的脾胃沒有那麼好。王熙鳳小產之後，因為年幼不知保養，所以著實虧損了下來。行經之後，下面瀝瀝不止，以至於鴛鴦和平兒私下議論的時候，還以為王熙鳳得了血山崩。而且王熙鳳在二十出頭生日的第二天已經是「黃黃臉兒」。之前有說過中醫認為「髮為血之餘」，她的血這樣

的流失，怎麼還能夠營養到頭髮上去呢？林黛玉更不用說，從小自會吃飯便會吃藥。而且寶釵詢問了她的日常飲食，感嘆道：「你素日吃的竟不能添養精神氣血，也不是好事。」對於烤鹿肉，黛玉也是因為身子弱吃不得，螃蟹只不過吃了夾子上一點肉，就微微覺得心口痛。

從作息上來看，王熙鳳協理寧國府的時候，為了賣弄才幹，恐落人褒貶，雖然忙得茶飯也沒工夫吃得，坐臥不能清淨，但是並不偷安推托，因此日夜不暇，有時甚至天沒亮就起床了，四更天才睡。並且她一個人照顧兩個府邸，可想而知其勞心勞力。此外，女兒生了傳染病，她要趕緊請醫調治，十二日不放家去。丈夫出外，她要打點行裝。丈夫在外歇宿，她要擔心他是否偷腥。冬天天冷，要考慮到給大觀園姐妹們另外開設小廚房，免得她們走來賈府吃飯受了冷風。邢岫烟一個遠房親戚來投靠，她要關心疼愛。就連襲人一個丫鬟要回娘家，她也要把她找來囑咐，並且送給她衣服以裝賈府的臉面。丈夫偷娶了尤二姐，她要絞盡腦汁想出驅虎吞狼借劍殺人之計。還要勞心費力的和那些下人們鬥智鬥勇。一方面要克扣下人的月錢去放高利貸，另一方面這些下人們「錯一點兒，她們就笑話、打趣；偏一點兒，她們

就指桑説槐地抱怨，坐山觀虎，借劍殺人，引風吹火，站乾岸兒，推倒油瓶不扶，都是全掛子的武藝」，她要打起全副精神來應對。以此而論，她白天黑夜都難以有非常良好的休息。林黛玉更不用説，第七十六回，黛玉對湘雲説：「我這睡不著，也並非一日了！大約一年之中，通共也只好睡十夜滿足的覺。」

從精神因素上來講。王熙鳳發現了鮑二家的和賈璉偷情，她衝上去就廝打鮑二家的。看到小丫鬟為賈璉偷情望風，王熙鳳「便揚手一掌打在臉上，打的那小丫頭一栽，這邊臉上又一下，登時小丫頭子兩腮紫脹起來。」……「『你若不細説，立刻拿刀子來割你的肉。』説著，回頭向頭上拔下一根簪子來，向那丫頭嘴上亂戳。」另外，賈璉在她生日之際和別人偷情，還要拿劍殺了鳳姐，在闔府所有人面前大丟了王熙鳳的面子，可知給她的心情帶來何等沉重的打擊。林黛玉父母雙亡，因此淚道常常不乾。同時擔心寶玉移情他人，常有懷疑之心。後面又覺得無人為自己的婚事主張憂慮不已，甚至後面還鬧出了杯弓蛇影的絕食求死事件。她們這樣的心情又怎麼會對她們的髮膚沒有影響呢？

當然，我們讀《紅樓夢》更要以史為鑒，從正反兩

個方面總結出養生的規律。飲食清淡，作息規律，心情平和，不僅對一頭烏黑濃密的頭髮有好處，對我們的身體健康更是善莫大焉。

《紅樓夢》中的潔牙用具與貴族護牙傳統

被譽為「百科全書」式的《紅樓夢》，精細描繪了世家大族的貴族優雅生活，它不僅僅體現在玻璃缸、瑪瑙碗的用具，不僅僅體現在西洋紅葡萄汁、需要十幾隻雞做配料的茄鯗的飲食，不僅僅體現在鳧靨裘、雀金裘、大紅猩猩氈的服飾，更體現在漫不經意的細節，比如除了牙膏、牙刷，甚至有些現代人未必天天使用的漱口水都在賈府得到廣泛應用。

《紅樓夢》中所用的牙膏是青鹽。《紅樓夢》第二十一回〈賢襲人嬌嗔箴寶玉　俏平兒軟語救賈璉〉，湘雲來到賈府和黛玉同住，第二天清晨，寶玉頭沒梳臉沒洗

就忙忙去探望，在瀟湘館向丫鬟「要過青鹽擦了牙，漱了口」。

中醫認為，鹽味鹹、入腎。齒為骨之餘，腎主骨，故鹽可穩固牙齒，用鹽刷牙，是古已有之的傳統。食鹽晶體顆粒粗大，如果直接用於刷牙，長期使用會因為摩擦使牙齒表面的琺琅質輕微受損，反而導致牙齒過敏。經過鍛造之後的青鹽，尤其是再加上多種中藥製成牙粉，對潔齒護齒十分有益。《普濟方》記載：「豬牙皂角及生薑，西國升麻熟地黃，木律旱蓮槐角子，細辛荷葉要相當，青鹽等分同燒煉。上各二兩。除青鹽一味外，其餘藥味，並碎銼。新瓦罐兒盛其藥，用瓦蓋合罐口。……常用此藥，年至八十以上，面如童子，髭鬢甚黑，齒落重生。」不僅可以用來刷牙，還可以烏髮固齒。

牙刷出現在《紅樓夢》第五十二回〈俏平兒情掩蝦鬚鐲　勇晴雯病補雀金裘〉，晴雯抱病補完雀金裘之後，還「用小牙刷慢慢的剔出絨毛來」，這樣一來，修補過的地方看上去和周圍的面料比較接近，幾乎看不出修補痕迹。晴雯是臨時接下了為寶玉用「界綫」方式織補雀金裘的任務，但是她能隨手拿出小牙刷來用，說明牙刷是怡紅院的常備之物。

在《紅樓夢》中還已經使用了名為「茶鹵」的漱口水，第五十六回〈敏探春興利除宿弊　時寶釵小惠全大體〉，賈寶玉夢見了甄寶玉，正在恍恍惚惚，忽聽說老爺叫寶玉，兩個寶玉都驚慌不已，一個拔腿就走，一個叫喚回來，寶玉被襲人推醒，「早有人捧過漱盂茶鹵來，漱了口。」

茶鹵漱口的傳統最早可以追溯到宋朝，頗為關注養生的宋代文豪蘇東坡，曾在〈漱茶說〉中專門寫了茶鹵：「每食已，輒以茶鹵漱口，而齒便漱濯，緣此漸堅密，蠹病自已。」

《醫宗金鑒‧正骨心法要旨‧黎洞丸》也提到：「內服用無灰酒送下，外敷用茶鹵磨塗。」

現代口腔醫學研究也證實了茶鹵的功效，因其富含單寧和有機酸，有助於堅齦固齒、清除牙斑、預防口臭。

可以想見，第三回〈賈雨村夤緣復舊職　林黛玉拋父進京都〉，寂然飯畢，就有丫鬟用小茶盤捧上茶來，林黛玉細心窺察，發現這是漱口用的茶，此處這應該也是「茶鹵」這種漱口水。而林黛玉一開始想起父親讓自己飯後務待飯粒咽盡，過一時再吃茶，方不傷脾胃，這

說明即使五代列侯之家，林府仍然比不上賈府對養生和保健的講究。

第三十九回賈母和劉姥姥相見，詢問對方眼睛牙齒如何，劉姥姥回答道：「都還好，就是今年左邊的槽牙活動了。」賈母道自己眼也花，耳也聾，記性也沒了，不過嚼得動的吃兩口。賈母這是自謙之詞，實際上她對劉姥姥的話聽得一清二楚，而且顯然她的牙齒暫無鬆動之虞，這應該歸功於賈府牙刷牙膏尤其是漱口水的應用。

賈府漱口水主要在兩個時間段應用，飯後和睡醒後。

飯後除了第三回，還有《紅樓夢》第二十八回，賈寶玉跟著王夫人急匆匆吃了飯，忙忙地要茶漱口，急著去見林妹妹。《紅樓夢》第六十二回，螃蟹宴後，薛寶釵接過襲人遞來的茶，喝了一口漱口。

睡醒後除了第五十六回，還有《紅樓夢》第三十回，襲人夢醒，寶玉向案上掛了茶來，給襲人漱了口。

這些習慣對牙齒非常有益，因為飯後食物殘渣如果在齒縫留存，長此以往，會造成牙菌斑、牙結石、牙齦發炎，容易對冷熱酸甜過敏，還會造成牙齦萎縮和齒縫

變大，不但影響牙齒功能，而且損害牙齒美觀。

人在睡覺時，口腔幾乎都不會分泌唾液，隨著睡眠時間而繁殖出大量的細菌，因此起床時可能覺得嘴巴乾燥不清爽，或是感覺有口臭，那麼睡醒漱口也會緩解和消除這種症狀。

其實，從遠古開始，國人對牙齒就很關注。《詩經·衛風·碩人》中形容美女的標配之一就是「齒如瓠犀」，牙齒要像葫蘆子一樣整齊潔白，「齟齬」現在多用於比喻意見不合，互相抵觸，但它的原意是牙齒參差不齊，一張嘴顏值大打折扣。

中國古代貴族早有護齒傳統，《禮記》就有「雞初鳴，咸盥漱」，清晨一起來，就要洗臉漱口。西漢初期醫學家淳于意在治療「齊中大夫病齲齒」時，就明確提出這是「食而不漱」造成的，囑咐他用「苦參湯」漱口，日嗽三升，過了五六日，果然奏效。隋代巢元方的《諸病源候論》中提到：「食畢，常漱口數過。」不然就容易得齲齒病。明朝徐春甫編纂的《古今醫統大全》，其中提出最好的方式是早晚加三餐飯後洗刷漱口，可使牙齒到老都堅固潔白：「漱齒每以早晨，是倒置也。凡一日飲食之毒，余積于齒縫中，當於夜下洗刷，使垢穢不藏

於齒縫，齒自不壞矣，故云晨漱不若夜漱，此善於養齒者。今觀智者，每日飯後必漱，及晨晚通有五漱，則齒至老堅白不壞，斯存養之功可見矣。」據王惠民先生統計，敦煌壁畫中至少有十四幅和刷牙有關的繪畫，最早的刷牙圖見於中唐時期第一五四、一五九、一八六、三六一窟的《彌勒經變》中。

至於牙刷的出現，似是舶來品傳入中華。西晉佛典《菩薩行五十緣身經》記載：「菩薩世世持雜香水與佛及諸菩薩，澡面及楊枝梳齒，用是故，佛面口中皆香。」用於潔齒的楊枝，又叫做「齒木」。唐代佛教史傳《南海寄歸內法傳》記載，「每日旦朝，必嚼齒木。揩齒刮舌，務令如法。盥漱清淨，方行敬禮。其齒木者，……長十二指，短不減八指，大如小指。一頭緩須熟嚼，良久淨刷牙關。」前往天竺取經的三藏法師在《大唐西域記》中記載，印度佛教徒每餐飯後用樹枝清潔牙齒。後來，歸國的三藏法師為了造福大眾，更是推廣用楊柳枝作為清潔牙齒的工具，「饌食既訖，嚼楊枝而淨」，因為楊柳枝方便易得，價格便宜，而且質地鬆軟，纖維豐富，用牙齒咬散就可以便捷潔牙。宋代的醫書《聖濟總錄》記載，「每日早，取楊柳枝咬枝頭令軟，擦藥揩齒，

瞬水漱，復以棉揩，令淨。」李時珍也曾説過，用嫩柳枝「削為牙枝，滌齒甚妙」。一九五三年，在遼代駙馬贈衛國王夫婦合葬墓中，出土了兩支只剩牙柄的牙刷，這兩把牙刷一端打有兩排細孔，應該是用來固定刷毛，形制和現在的牙刷已經比較接近。宋代《夢粱錄》記載有「凌家刷牙鋪」、「傅官人刷牙鋪」，已經開始牙刷專賣。宋人周守中在《養生類纂》中提到不宜用馬尾毛牙刷：「早起不可用刷牙子。恐根浮兼牙疏易搖，久之患牙痛。蓋刷牙子皆是馬尾為之，極有所損。」他自己用更為柔軟的馬鬃毛做牙刷毛，「短簪削成玳瑁輕，冰絲綴鎖銀鬃密。」銀鬃就是白色的馬鬃毛。當然還少不了對養生和奢華享受都很在行的慈禧太后，她在宮中常常使用川椒、旱蓮草、枯白礬和白鹽等製成的「牙膏」擦牙或刷牙，此外她還常用旱蓮草、川椒水煎後去渣所得的汁兌水來漱口。從唐代至清代的牙刷均有發現，二〇一一年江蘇揚州還成立了中國首家牙刷博物館，參觀者可以在內瞭解到中國上千年的牙刷史。

回顧歷史，可見不止除了世家大族的賈府，中國古代貴族都對護齒、潔齒非常注重，《通典》記載，東漢時就有類似於現在的口氣清新劑，那時「尚書郎」在朝堂

上要「口含雞舌香」，目的在於奏事答對之時，「氣息芬芳」。這些符合科學牙齒保健的經驗，值得我們當代人借鑒。

凡鳥之才：王熙鳳管理才能論

曹雪芹在《紅樓夢》第十三回的回後詩以「金紫萬千誰治國，裙釵一二可齊家」評價王熙鳳的治家之才；涂瀛在《紅樓夢論贊》中借《三國演義》中許劭對曹操的評價「治世之能臣，亂世之奸雄」來對王熙鳳蓋棺定論。青山山農在《紅樓夢廣義》中讚美鳳姐道「智足以謀天，力足以致人」，這些都是對王熙鳳的智慧與管理才能的肯定，但是，從「協理寧國府」、「懲戒周瑞子」、「抄檢大觀園」中體現出來的王熙鳳的管理才能究竟幾何？

王熙鳳管理才能的第一個表現是「協理寧國府」。秦氏之喪，是賈府的一件大事，也是很難辦好的一件

事。賈珍想求鳳姐協理一個月，王夫人怕她辦不好，沒
有應允；鳳姐心裏卻很願意。小說寫她素喜攬事，好賣
弄才幹。雖然當家妥當，也因為未辦過婚喪大事，恐眾
人不服，巴不得遇見這事。今見賈珍如此一來，她心中
早已歡喜，便向王夫人道：「大哥哥說的如此懇切，太太
就依了吧。」在這一點上，鳳姐與元妃省親時安心「大
展其才」的林黛玉表現自己的欲望是共通的。

　　鳳姐接到「工作任務」，並不急於著手去做，而是
先冷靜下來細細思考：「頭一件是人口混雜，遺失東西。
第二件，事無專執，臨期推諉。第三件，需用過費，濫
支冒領。第四件，任無大小，苦樂不均。第五件，家人
豪縱，有臉者不服鈐束，無臉者不能上進。此五件實是
寧國府中風俗。」經過鳳姐的思量，寧國府此時重要的
管理問題已清晰明瞭，這種深入瞭解分析的能力是管理
者必備的。「知己知彼，百戰不殆」，對事物全面而透徹
的分析是解決問題的必由路徑，這是科學有效管理的先
決條件。

　　從管理的職能分析，管理者要從事計劃、組織、領
導和控制四種管理職能。計劃指的是定義組織目標，確
定戰略以實現這些目標，以及制訂方案以整合和協調

工作活動。在協理寧國府中，王熙鳳對每個婆娘媳婦都進行了分工，「這二十個分作兩班，一班十個，每日在裏頭單管人客來往倒茶，別的事不用他們管。這二十個也分作兩班，每日單管本家親戚茶飯，別的事也不用他們管。這四十個人也分作兩班，單在靈前上香添油，掛幔守靈，供飯供茶，隨起舉哀，別的事也不與他們相干……」。每個人看似責任清晰，然而缺少整體的組織目標，喪事一結束又回到了之前的散亂無序的狀態。

組織是決定需要做什麼，怎麼做，誰去做。王熙鳳在協理寧國府事必躬親，每個人的工作都由她分派。小說中沒有提及她分派工作時是否結合每個人的具體情況，也沒有指導，只有出錯之後的懲罰。對比第五十六回「敏探春興利除宿弊，時寶釵小惠全大體」，探春在組織管理中「這一個老祝媽是個妥當的，況他老頭子和他兒子代代都是管打掃竹子，如今竟把這所有的竹子交與他。這個老田媽本是種莊稼的，稻香村一帶凡有菜蔬稻稗之類，雖是頑意兒，不必認真大治大耕，也須得他去，再按時加些培植，豈不更好」。相比探春，王熙鳳的組織協調中人力資源沒有做到優化配置。

領導是指導和激勵所有的群體和個人，解決衝突。

具體而言包括理解個體行為、進行有效的管理溝通、激勵員工。王熙鳳協理寧國府時點卯誤了時辰的，不問緣由，帶出去打二十大板，並說道「明日再有誤的，打四十，後日的六十，有要挨打的，只管誤」。這種簡單粗暴的管理方式能讓員工迫於權勢一時屈服，無法形成有效的激勵。對比探春的興利除弊，「省錢事小，第一有人打掃，專司其職，又許他們去賣錢。使之以權，動之以利，再無不盡職的了」。在管理過程中，探春、李紈、寶釵、平兒四人之間進行了充分的溝通，溝通的結果及時彙報給王夫人和王熙鳳。安排工作時李紈將工作的內容告訴他們，眾人聽了，無不願意。

　　控制是監控活動以確保它們按計劃完成。協理寧國府時，王熙鳳戌初燒過黃昏紙親到各處查一遍，回來上夜的交明鑰匙，在組織時所有人的工作由王熙鳳親自安排，在控制中所有的工作由她親自監督，缺少科學合理的組織結構，這不僅影響管理效果，也使王熙鳳操勞過度。

　　從這些事中可以發現王熙鳳管理上的一些局限性：其一就是她的「嚴刑峻法」只適用於特殊時期，如果在日常管理中也是這樣，只會導致別人不是服她的管理，

只是怕了她。到王熙鳳因勞累過度小產之後，表面上管理有方的榮國府一下子亂了套，平時被壓制下的員工不滿情緒一下爆發出來。其二就是事事親力親為的作風導致自己要幹的事太多，最終把自己的身體給累垮了。這樣的管理不是長久可行的方法。

王熙鳳管理才能的第二個表現是「懲戒周瑞子」。王熙鳳過生日那天，賈璉與鮑二家的私通，被王熙鳳抓住後賈璉反而拿劍要殺了鳳姐，鬧到眾人面前，鳳姐顏面盡失。此時娘家派人送的壽禮，竟然讓娘家人周瑞的兒子失手打翻了，不僅撒了一院子饅頭，還喝多酒罵了王熙鳳的貼身小廝彩明。打翻壽禮本來對壽星公來說都是很不吉利的行為，周瑞的兒子辦砸了事不認錯還如此囂張，這對本來窩了一肚子火的王熙鳳如同火上澆油，因此下令攆走他既是懲罰，又是遷怒。同時，王熙鳳借打壓周瑞兒子立威，和她協理寧國府時責打那個遲到的僕人一樣，是殺一儆百。周瑞一家不是賈家人，卻在賈家很有地位，這股外來勢力坐大，對賈家的家生奴才形成強烈的衝擊，雙方不說勢同水火，也絕不和睦。王夫人和王熙鳳都是王家人，周瑞和來旺這樣的奴才都是女主人的親信，不免跋扈慣了。而賈家家生的管家奴才

們又手握大權，雙方矛盾激化對王熙鳳管家很不利。她此次拿自己人下手懲戒，也是做給人看的。要管好賈家人，就一定先管好王家人，這樣才能樹立起威信。

但是，王熙鳳知道周瑞家的兒子決不能被攆走，打狗還要看主人，畢竟他的母親周瑞家的是王夫人的陪房，真要攆走是公開給王夫人難堪。因此，王熙鳳一直拖著不處理，就是給周瑞家的找人求情的空間。能比周瑞家的有臉面的僕人還有誰呢？邢夫人都沒能管家，而且又是續弦，主子沒地位，所以她的兩大陪房王善保家的和費婆子也沒有威勢，周瑞家的也沒必要找還不如自己的人。那麼能比周瑞家的更有體面的差不多只有賴嬤嬤，而且又是賈家的人，到時候賣這個比主子還有地位的老奴才一個面子。自己立威，賴嬤嬤一家有面子，王夫人也會知道自己會辦事，正是一石三鳥皆大歡喜，也是禦下的高明手段。一連串的智謀，環環相扣，不愧「機關算盡」之名。借周瑞一個兒子，平衡各方面勢力，才是王熙鳳的最終目的。

王熙鳳管理才能的第三個表現是「抄檢大觀園」，鳳姐陪同王善保家的一起查抄，但王善保家的大張旗鼓衝鋒在前，鳳姐反而小心低調陪盡笑臉。抄檢到黛玉

時，王熙鳳忙按住她不許起來，只說：「睡罷，我們就走。」在紫鵑房中抄出寶玉的東西，鳳姐笑道：「寶玉和他們從小兒在一處混了幾年，這自然是寶玉的舊東西。這也不算什麼罕事，撂下再往別處去是正經。」抄檢到探春時，鳳姐笑道：「因丟了一件東西，連日訪察不出人來，恐怕旁人賴這些女孩子們，所以越性大家搜一搜，使人去疑，倒是洗淨他們的好法子。」探春一反駁，鳳姐馬上笑道：「既然丫頭們的東西都在這裏，就不必搜了。」甚至真的在惜春的丫鬟入畫那裏抄出了私相傳遞的東西，鳳姐也周全道：「素日我看他還好。誰沒一個錯，只這一次。二次犯下，二罪俱罰。」王善保家的是邢夫人的耳目，鳳姐一切順著王善保家的意思來，王善保家的自以為得計，卻不知她唱了白臉，王熙鳳唱了紅臉，要是發生什麼事，與鳳姐無關，出頭的是王善保家的。

　　王熙鳳沒有搜查寶釵的住處，但寶釵在抄檢大觀園之後以母親身體不好的藉口立即搬走，王夫人疑心道，「不過還是咳嗽腰疼，年年是如此的；她這去必有緣故，敢是有人得罪了她不成？那孩子心重，親戚們住一場，別得罪了人，反不好了。」由此可知王熙鳳在抄檢大觀園之時定下的「薛大姑娘屋裏，斷乎檢抄不得的」是未

雨綢繆的先見之明了，不管是王夫人、薛姨媽或薛寶釵，都無法把搬走一事怪罪到鳳姐頭上。

　　但是具體來看，王熙鳳的管理底色都是「人治」，很多時候都是在搞平衡和稀泥，把有限的資源進行調配，只是分蛋糕，卻沒有做蛋糕的能力。協理寧國府是一時的事件，管理榮國府卻是天長日久。王熙鳳終究如判詞所說，只是一介「凡鳥」，以王熙鳳的性格，眼界和格局，守成都很困難，更不要說中興賈府了。當然，最重要一點，榮國府女人管的不過是家計，即使探春承包大觀園也只是「小補」，無法「大治」，在當時，男人是興衰的關鍵，但賈府的男性修仙學道、偷狗戲雞、呆板迂闊、吟風弄月，卻一個個缺乏「補天」之能，賈府的興衰非王熙鳳所能插手，這也是她最終命運悲劇的最大原因。

凶險的傳染病也曾威脅《紅樓夢》中人：疑似「肺結核」

現在人人談虎色變的就是新型冠狀病毒肺炎了，其實《紅樓夢》中也有相似的傳染病。

晴雯死的時候，王夫人聞知，命：「即刻送到外頭焚化了罷。女兒癆死的，斷不可留！」

那麼這個女兒癆是什麼呢？原來就是肺結核。「女兒癆」就是女性青春期肺結核病，它的主要特點是症狀多，病情進展快，病灶容易溶解，迅速形成空洞和排菌，過去對這種急重症肺結核病確實束手無策。

在清代同時期，肺結核疫苗尚未問世，肺結核是全球聞之色變的不治之症，發病率之高，足以讓今人瞠目

結舌，死於肺結核的中外名人，如作家卡夫卡、席勒、音樂家蕭邦等，簡直不勝枚舉。

但是，晴雯真的是「女兒癆」—— 肺結核嗎？

隋朝巢元方《諸病源候論‧虛勞咳嗽候》說明肺癆是一種以咳嗽、胸痛、喘息、咯血為特徵的病症。唐代的王燾《外台秘要》對此病的臨床表現觀察尤為詳細，指出「骨蒸……旦起體涼，日晚即熱，煩躁寢室不能安，食都無味，……因茲漸漸受損，初著盜汗，盜汗以後即寒熱往來，寒熱往來以後即漸加咳，咳後面色白，面頰見赤，如胭脂色，團團如錢許大，左臥即右出，唇口鮮赤。」

《紅樓夢》第五十二回〈俏平兒情掩蝦鬚鐲　勇晴雯病補雀金裘〉，作者寫晴雯之病，原本是冬夜為了嚇麝月，晴雯只穿著小衣就出去了，結果著涼感冒了。「晴雯服了藥，至晚間又服二和，夜間雖有些汗，還未見效，仍是發燒，頭痛鼻塞聲重。」可是，這顯然並非肺結核。

肺結核是一種傳染性疾病，它的發生需滿足傳染源、傳播途徑、易感人群三個條件。晴雯生活環境中沒有結核病患者，在大觀園這種人口密度極大的公眾場

合，也沒有新發的結核病人。晴雯和寶玉、襲人常常朝夕相處，晴雯要是肺結核，豈非寶玉和襲人早就傳染了？

那王夫人為啥「誣陷」晴雯？

在攆走了晴雯之後，王夫人是專門向賈母做了專題彙報的，王夫人回賈母道：「寶玉屋裏有個晴雯，那個丫頭也大了，而且一年之間，病不離身，我常見他比別人分外淘氣，也懶，前日又病倒了十幾天，叫大夫瞧，說是女兒癆，所以我就趕著叫他下去了。」

大夫確診了晴雯是「女兒癆」——「女兒癆」是肺結核——肺結核會傳染，所以，晴雯得了肺結核，就必須「隔離」，就必須遠離賈寶玉，以免傳染。

這樣一來，不管賈母對晴雯評價多高，期許幾何，都作廢了，因為賈母的底線是寶玉，如果晴雯得的是肺結核，賈母也是會放棄的。

雖然王夫人是「誣陷」晴雯得了「女兒癆」，但是這個「焚化」卻確實是處理惡性傳染病的有效途徑。其一是王夫人話中真中有假，虛虛實實，就叫人捉摸不透，容易相信；其二是透露出王夫人對晴雯的厭惡，因為即使真死於惡性傳染病，「深埋」也可以啊，「焚化」

對信奉「死留全屍」的古代中國人挺難接受的。其三也露了馬腳，因為王夫人逐晴雯的時候，說要把她的好衣服留下了給好丫頭穿。要是她真是肺結核，別的丫頭還敢穿她的衣服？其四是讓晴雯化灰化煙，徹底斷了兒子寶玉的念想。

雖然「肺結核」是誣陷，但是《紅樓夢》裏真有惡性傳染病的隱患。

《紅樓夢》第七十五回寫賈母在晚餐桌上，指著一碗雞髓筍和一盤風醃果子狸「給顰兒寶玉兩個吃去」。

據說「非典」和「果子狸」有關。寶玉可能沒吃，要是吃了，誰能說「非典」不會提前幾百年就爆發呢？也不用抄家，也不用坐吃山空，惡性傳染病就足夠滅賈家了。

再一細數，賈府怎麼這麼愛吃野生動物啊？

《紅樓夢》第四十九回〈琉璃世界白雪紅梅　脂粉香娃割腥啖膻〉，大觀園姐妹突發奇想相約賞雪，寶玉猴急趕著參與「盛會」，連早飯都顧不得吃，只拿茶泡了一碗飯，就著「野雞瓜子」忙忙地吃完。

關於這個「野雞瓜子」有兩說，一說是「野雞瓜齏」，冬季早晚一種常備菜：雞絲、醬瓜絲、生薑絲加

佐料炒製成。考究的富戶才用野雞絲，貧困戶則以藕絲代替雞絲。

一說是「野雞瓜子」，類似炒雞丁一類的下飯菜。清代《調鼎集》有云：「野雞瓜：去皮骨切丁配醬瓜、冬筍、瓜仁、生薑各丁、菜油、甜醬或加大椒炒。」這說明「野雞瓜子」這道菜在清代已很普遍，成為侯門公府的家常菜了。

但是不管從哪一種說法，《紅樓夢》裏寶玉吃的這個「野雞瓜子」就是「野雞」做的。

另外，第四十九回眾姐妹還吃了「鹿肉」。而《紅樓夢》第五十三回中，烏進孝過年時給賈府送來的年貨，其中的「野生動物」也很是不少。

然而，鍾南山院士就新型肺炎答記者問，是明確談到野生動物的：

「新型冠狀病毒肺炎很可能來自野生動物。有可能是竹鼠、獾之類。」

《紅樓夢》裏雖然有吃野雞、吃野豬、吃野羊、吃熊掌、甚至吃果子狸，可是想想《紅樓夢》裏的人都從哪兒來的？——薄命司！寶玉是塊兒什麼？——石頭！所以對於我們這些普通人，這野生動物，不是那麼好消化

和好降服的。何況隨著人們自然與環保意識的提高，吃野生動物者還要面臨受人鄙視和法律制裁呢。

紅眼病

　　剛剛説的《紅樓夢》裏的肺結核只是疑似，而這個「紅眼病」可是《紅樓夢》裏一個真正的傳染病。

　　第五十三回，「只因李紈亦因時氣感冒，邢夫人又正害火眼，迎春岫煙皆過去朝夕侍藥，李嬸之弟又接了李嬸和李紋李綺家去住幾日，寶玉又見襲人常常思母含悲，晴雯猶未大愈，因此詩社之日，皆未有人作興，便空了幾社。」

　　此處提到的邢夫人所害的「火眼」，就是「紅眼病」，是指覆蓋眼白（鞏膜）的薄膜（結膜）發炎，醫學上稱之為急性卡他性結膜炎。紅眼病通常由普通感冒相關的病毒性感染引起，還可能由細菌性感染或過敏引起。

其傳播途徑主要是通過接觸傳染，往往通過接觸病人眼分泌物或淚水沾過的物品（如毛巾、手帕、臉盆、水等），與紅眼病人握手或用髒手揉擦眼睛等，都會被傳染，最終造成紅眼病的流行。

紅眼病，中醫又叫「天行赤眼」。此病為季節性傳染病，多發生在夏季，又稱之為夏季的眼科「瘟疫」，系由感受風邪熱毒，侵襲人體眼部引起的，所以患者飲食應以清淡為主，少食油膩，盡量忌食煙、酒、海鮮、火鍋、麻辣串等辛辣刺激食品飲料。中醫採用清熱解毒、祛風止癢療法，以及用民間的熏洗療法常獲良效。

病輕者，為風熱上攻，症狀為眼紅、癢痛交作、畏光流淚、怕熱、目中乾澀有異物感、眼分泌物黃白而結，治當疏風散熱，佐以解毒。

但是《紅樓夢》作者很可能是「量體裁衣」式地給人物安排生什麼病。比如說，為什麼偏偏是邢夫人害「紅眼病」？

一、和王夫人的關係

賈赦是長子，應該邢夫人管家才對，可是賈母偏心

小兒子,自己住榮國府主院,小兒子留在身邊,小兒媳王夫人真正擁有實權。榮府經濟是有分有合,總體還是一家,各自又有獨立核算。賈母是領導小組組長,邢夫人是副組長,王夫人是在賈母領導下當副組長兼辦公室主任。鳳姐又是邢夫人的人,又是王夫人的人,所以當個副主任,本也是為個平衡,只是工作要向王夫人彙報,王夫人向賈母彙報。邢夫人只是參加集體領導,級別和王夫人是一樣的,禮儀上排名還靠前些,但是大事說了不算,小事不用知道,所以邢夫人對王夫人憤憤不平,忌恨不已,這不是「紅眼病」是什麼?

二、和迎春的關係

邢夫人責罵迎春道:「你是大老爺跟前人養的,這裏探丫頭也是二老爺跟前人養的,出身一樣。如今你娘死了,從前看來,你兩個的娘,只有你娘比如今趙姨娘強十倍的,你該比探丫頭強才是,怎麼反不及他一半!」

這邢夫人覺得自己名義下的女兒迎春也比不上王夫人名義下的女兒探春,不是「紅眼病」,又是什麼?

三、繡春囊事件

　　傻大姐偶然撿到一隻繡春囊，低頭一壁瞧著，一壁只管走，不防迎頭撞見邢夫人，抬頭看見，方才站住。邢夫人因説：「這癡丫頭，又是個什麼狗不識兒這麼歡喜？拿來我瞧瞧。」邢夫人接來一看，嚇得連忙死緊攥住，忙問「你是那裏得的？」傻大姐道：「我掏促織兒在山石上揀的。」邢夫人道：「快休告訴一人。這不是好東西，連你也該打死。皆因你素日是傻子，以後再別提起了。」這傻大姐聽了，反嚇的黃了臉，説：「再不敢了。」磕了個頭，呆呆而去。邢夫人回頭看時，都是些女孩兒們，不便遞與，自己便塞在袖內，心內十分罕異。

　　在民間説法中，看了不該看的東西就會害眼病。所以這邢夫人的眼病有來歷吧？

　　又之前説過，紅眼病會傳染，邢夫人就是借助發現這個繡春囊小題大做，讓自己的陪房王善保家的封了這個給王夫人送去，這王善保家的正因素日進園去那些丫鬟們不大趨奉她，她心裏大不自在，要尋她們的故事又尋不著，恰好生出這事來，以為得了把柄，於是對王夫人添油加醋，火上澆油，最終釀成了抄檢大觀園事件。

因此，叫邢夫人得「紅眼病」，很有可能是作者的一個諷刺之筆。

天花及應對惡性傳染病

之前提到的《紅樓夢》中的肺結核只是疑似，紅眼病則雖傳染卻不致命，而現在談到的這個天花則是既傳染又致命。

《紅樓夢》第二十一回寫鳳姐的女兒巧姐病了，正亂著請大夫來診脈。大夫便說：「替夫人奶奶們道喜，姐兒發熱是見喜了，並非別病。」

這聽起來「見喜」，實際上卻凶險無比，因為它是一種惡性傳染病 —— 天花。

天花傳染病重症者常伴隨併發症，如敗血症、失明、肺炎、腦炎等，輕則殘疾，重則喪命。即使倖存者也可能終身留有瘢痕，尤其是滿臉麻子。

在古代，這是一種人人談之色變的絕症，是一種被史學家稱為「人類史上最大的種族屠殺」的疾病。

在公元十六到十八世紀的亞洲，每年約有八十萬人死於天花，其中就包括了許多清朝的皇帝皇子們，比如順治皇帝、豫親王多鐸、同治皇帝。而像康熙、咸豐這些都是僥倖從「天花」中逃生的幸運兒，也正是因為他們患過天花且康復了，有了免疫力，之後對選他成為下一任帝王起了關鍵性作用。但是，他們也因天花成了「麻子」。

不僅僅是清朝，天花病毒是世界性的疾病。在歐洲，上至達官顯貴，下至普通平民百姓，甚至還有不少衣不蔽體的乞丐，同樣遭受天花病毒的殘害。僅僅十八世紀的一百年間，歐洲死於天花的人高達一億五千萬。而在美洲，因為留下了一塊天花患者用過的地毯，引發了美洲接近一個種族的滅絕慘案，美洲原本有兩千多萬人口的本地居民，經過一百多年之後僅剩下了一百多萬。

巧姐是《紅樓夢》十二金釵之一，也是鳳姐的獨生女，無論是破相，還是喪命，對於賈府尤其是鳳姐來說都是殘忍的打擊，因此，鳳姐急忙遣醫問藥，得到醫生

的指示之後，鳳姐指揮家人做了全方位的措施。

> 鳳姐聽了，登時忙將起來：一面打掃房屋，供奉痘疹娘娘，一面傳與家人，忌煎炒等物，一面命平兒打點鋪蓋、衣服，與賈璉隔房，一面又拿大紅尺頭與奶子、丫鬟親近人等裁衣。外面又打掃淨室，款留兩個醫生，輪流酌酌診脈下藥。十二日不放家去。賈璉只得搬出外書房來齋戒，鳳姐與平兒都隨著王夫人日日供奉娘娘。

從中可以看出，《紅樓夢》所處年代的科技水平雖然與今天相差甚遠，但當時的人們應對傳染病還是有整體系統的，至少分以下四步：

一、針對恐慌積極調適心理。其一是選擇「供奉痘疹娘娘」這個方式。痘疹娘娘，老百姓又俗稱「天花娘娘」，屬於民間信仰中司痘疹的女神。年畫中的痘疹娘娘或斑疹娘娘均為年長女性形象，頭戴冠飾，身著華服，手持朝圭或手捧豆子，也有手拿治病藥草的，有時在娘娘額頭正中有一粒圓如豆子、象徵痘疹的飾物；娘娘身旁跟隨兩名或四名侍從，或垂手站立，或手持豆子

或葫蘆等物。

中國古代，科學不發達，醫藥條件落後，所以痘疹死亡率極高。親友患了痘疹後，家人除了竭力去醫治外，就是求痘疹娘娘保佑。在缺乏充分科學知識的清代，我們也不必對書中人過於苛求，這雖然有迷信的成分，但實際上也是一種心理寄託。

二、通過飲食等生活調節應對傳染病。鳳姐傳語家人，忌煎炒等物，這是因為煎炒需豆油，而豆諧音痘，故古人忌諱，認為有豆便是不吉，故忌之。再者生病者忌葷腥，從醫學上講也要忌之。

三、做好隔離防護。其一是命平兒打點鋪蓋、衣服，與賈璉隔房，其二是拿大紅尺頭與奶子、丫鬟親近人等裁衣。現代醫學認為，對於天花病人，要嚴格進行隔離，病人的衣、被、用具、排泄物、分泌物等要徹底消毒。古代男女有別，多為男主外，女主內，賈璉相對於家中的女眷來說，和外界的接觸多得多，鳳姐讓賈璉隔離出去，倒是一種避免交叉感染的方法。再者拿大紅尺頭與奶子、丫鬟親近人等裁衣，雖然有「沖喜」的迷信寓意在內，但貼身照顧的人全換上新衣，降低了病菌傳播。所以《紅樓夢》這些做法暗合了隔離防護法。

四、針對病情發揮中醫作用。對於巧姐來說，鳳姐真是一位有著愛子之心的好媽媽。因為得了這個「天花」，鳳姐款留兩個醫生，輪流酌酌診脈下藥，整整留了大夫十二日不放家去。

在《紅樓夢》中，小小的巧姐得了當時的凶險重症天花。而從《紅樓夢》的記述來看，當時連牛痘接種也還沒有，並且也沒有治天花的特效西藥。但是中醫竭盡所能，終於也將巧姐從死神手裏奪回。認真地進行心理調適，做好隔離防護，調節飲食，用中藥細心調製，種種措施使得巧姐最終終於轉危為安，而且沒有留下麻子等後遺症，最後長大成人。關於她的結局，按照《紅樓夢》今本後四十回的說法，她是嫁給了一個姓周的富戶公子；按照一些紅學探佚家的說法，她最終嫁給了劉姥姥的孫子板兒。不管怎麼樣，最後她都是健康平安地度過這一生。

謹以此文，獻給正在被疫情困擾的我們，相信我們增強信心，認真防護，積極治療，一定也能戰勝這個凶險的傳染病！

《紅樓夢》洗手文化與秋紋洗手公案

在新冠肺炎疫情期間,洗手非常重要。

第一,除了飯前便後,現在要記得,只要外出了,回到家第一件事就是要洗手。

第二,現在洗手跟平常也不太一樣,我們平常只是把手掌和手背洗洗就好了,可是在這個非常時期,除了手背手掌,連手腕也要認真清洗。要用流動的水,很徹底地把指縫、手掌、手背還有手腕都清洗了之後,再擦上護手霜,這樣才能保證健康。

談到洗手,不禁想起了《紅樓夢》中的洗手文化,和我們有什麼異同嗎?

《紅樓夢》裏面是很注意衛生的，跟我們現在一樣，飯前便後要洗手。比如說在《紅樓夢》第三十八回螃蟹宴裏面，鳳姐在吃螃蟹之前要先洗了手，然後剝蟹肉送給賈母和寶玉吃。

> 鳳姐吩咐：「螃蟹不可多拿來，仍舊放在蒸籠裏，拿十個來，吃了再拿。」一面又要水洗了手，站在賈母跟前剝蟹肉，頭次讓薛姨媽。薛姨媽道：「我自己剝著吃香甜，不用人讓。」鳳姐便奉與賈母。二次的便與寶玉。

吃完螃蟹之後，鳳姐又讓小丫頭預備用菊花葉兒桂花蕊熏的綠豆面子而來洗手。我們可能有點奇怪，怎麼用豆麵來洗手呢？這是因為古代的時候還沒有香皂，所以用豆麵來起到清潔的作用。唐人孫思邈在《千金方》曾介紹了多個用於「洗手面」的「澡豆」製造配方，大都要用到「白豆麵」、「畢豆麵」、「大豆末」等各種豆麵。除了豆麵之外，還要用到豬胰、皂角等，以增強去油除垢的效力。另外，珍貴香料更是必不可少。把這種種原料加工處理之後，晾乾，搗成散末，細細摻和到一

起就得了成品。

　　同時，賈府是用菊花葉兒桂花蕊熏的綠豆面，更能起到去腥的作用。

　　還有寶玉的洗手。《紅樓夢》第五十四回，一次寶玉上完洗手間之後，小丫頭早就在外邊等著他了：

> 只見那兩個小丫頭一個捧著小沐盆，一個搭著手巾，又拿著漚子壺在那裏久等。……寶玉洗了手，那小丫頭子拿小壺倒了些漚子在他手內，寶玉漚了。

　　這個「漚子」是什麼呢？「漚子」是舊時上層社會中的人使用的一種半流質香蜜，用冰糖、蜂蜜、粉、油脂、香料合成，擦在皮膚上，可以起到保護的作用，使皮膚潔白細潤，其實相當於我們古代的護手霜，這種「漚子」一般是貴族小姐用的，少年公子一般不會用，但是寶玉用，説明了他養尊處優。

　　從洗手護膚的物品中還能看出不同版本的優劣。比如説程甲本、程乙本和甲辰本，竟然把用於護膚的「漚子」當成了「香皂」來使用：

　　寶玉洗了手，那小丫頭子拿小壺兒倒了漚子在他手內，寶玉洗了手。

　　秋紋麝月也趁熱水洗了一回，跟進寶玉來。

而庚辰本、蒙府本和戚序本是這樣寫的：

　　寶玉洗了手，那小丫頭子拿小壺倒了些漚子在他手內，寶玉漚了。秋紋麝月也趁熱水洗了一回，漚了，跟進寶玉來。

　　兩相對比，高下一目了然。程本的作者大概不熟悉貴族生活，區分不了「豆麵」是用來洗手的，「漚子」是用來護膚的。其次，庚辰本、蒙府本和戚序本寫秋紋麝月沒有上洗手間，也趁機趕緊洗了手用用，更可見這「漚子」是難得之物。（列藏本最簡單，只洗手，不漚手，也不再洗第二次手。大概是怕言多必失露餡吧？所以你看，一洗手，真假悟空就現出原形了。）

　　《紅樓夢》中除了飯前便後，重要場合也必須洗手，比如黛玉在彈琴之前也是要焚香洗手的。可是在《紅樓夢》後四十回裏有一個缺漏，也就是妙玉扶乩不曾洗

手。扶乩是中國道教的一種占卜方法，又稱扶箕、架乩、扶鸞、揮鸞、飛鸞、拜鸞、降筆、請仙、卜紫姑等等。在扶乩中，需要有人受到神明附身，這種人被稱為鸞生或乩身。神明會附身在鸞生身上，寫出一些字跡，以傳達神明的想法，做出神諭。信徒通過這種方式，與神靈溝通，以瞭解神靈的意思。在扶乩之前，古人為表敬重，也是要焚香洗手的。可是妙玉在做這個扶乩之前，竟然沒有洗手，因此有人認為這是後四十回的缺漏，也就是它比不上前八十回的一個表現。

關於漚子，我和導師之間還有一場有趣的爭論。

導師在看了我微信公眾號裏的幾篇文章後，早上在微信裏誇了我一句——「她在隨筆中涉及的往往是些一般讀者關心的有趣問題。這些問題有的看上去並不重大，但並不意味著是沒有意義的。相反，一些所謂小問題，由於角度獨特，有時也能另闢蹊徑地觸及文學作品的核心。」

我這個給點陽光就燦爛的，立馬開心地露出了標準八顆牙：「老師，我發現您總結的真是貼切，比如說寫《紅樓夢》洗手文化，我其實本來只是寫著玩，結果中間

發現了程本一個明顯的不足 ——由於對貴族生活不夠瞭解，程本把護膚的『漚子』當成清潔的『洗手液』來用了。」

導師笑了：「我沒注意這個差別，不過我一直是當護膚品理解的，雖然我也和你說的後四十回作者一樣，不懂貴族。程本也不一定是當洗手液了吧？一，寶玉的『漚了』也是在洗了之後。二，這一段的標點可以是這樣的：寶玉洗了手，那小丫頭子拿小壺兒倒了漚子在他手內。寶玉洗了手，秋紋麝月也趁熱水洗了一回。」即第二個「寶玉洗了手」只是秋紋麝月洗的時間狀語，「不是寶玉洗了、漚了，又洗。」

嗯？我趕緊回了個：「還有其他證據吶！稍等！」

然後把貴州李兆江先生的高見找到貼上 ——「亞東重排本，因為發現程乙原本裏寶玉洗了兩次手。於是把第一個『寶玉洗了手』改為『寶玉漱了口』，又把『漚子』改成了『一甌子』。然後這樣就變成是寶玉小解後，用盆裏的水先漱口，然後往手上『倒了一甌子』（不知道是什麼東西），然後又洗了手，並沒有塗抹香蜜。到了程乙亞東本裏，改成了『寶玉漱了口』，那小丫頭子拿

小壺倒了一漚子在他手內，寶玉洗了手」。程乙亞東本依然是不通的，首先，小便之後，有漱口的嗎？其次，「一漚子」就更不成人話了；再次，哪有先往手上塗香蜜，然後再洗手的呢？那豈不糟蹋東西而且浪費表情嗎？可見程本越改越糟糕！」

但是導師回覆說：「亞東本的枉改不能算在程本上吧？另外，如我前面所說，如果換一種標點，程本原本也不存在兩次洗手的問題。還有，加上『漱了口』，也不是亞東本先改的，我沒有查，據人文社早年的校本，嘉慶間藤花榭本、道光間王希廉本已如此。」然後，「哐」，甩給我一張圖：「嘉慶間一種東觀閣本上的漱口。不能說用盆裏的水漱的。」

這個？我轉了轉眼睛：「不管誰改的，總之，程本的這個描寫肯定沒有庚辰本好。第一，庚辰本多了一個古代護膚品（比如說甲辰本就根本沒有『漚子』）。第二，庚辰本更合理。寶玉上了廁所用水洗手，麝月秋紋沒有上廁所，為什麼要用熱水洗手？」

導師道：「大冬天，用熱水洗手很舒服，與小解無關吧。」

我趕緊祭出我的大殺器——

「第三，我覺得麝月秋紋是為了趁機用一下那個漚

子才洗手的。這既説明漚子是比較珍貴的，也活畫出二
等丫頭的情態。還記得當時秋紋因為王夫人賞了她兩件
舊衣服，高興不已。後來晴雯告訴了她內情，秋紋還
説，哪怕給這屋裏的狗剩下的，我只領太太的恩典，也
不犯管別的事兒。所以這樣人物的邏輯就比較一致。」

　　導師説：「我上課也常講這一段，我突出的是秋紋這
一句：『憑你是誰的，你不給？我管把老太太茶吊子倒了
洗手。』── 如果單從字面上看，沒有什麼信息顯示『漚
子』的名貴和秋紋等趁機揩油的意思。」

　　我一邊想一邊説：「老師，我覺得秋紋這跟揩油還不
太一樣。也就是，能夠有機會用用主子的東西，似乎臉
上有光似的，就是這種感覺！這跟您舉的這個例子是一
致的，就是秋紋希望有高人一等的感覺。」

　　沒想到導師就是不同意：「嗯，這是你的感覺，我沒
有這種感覺。一説到感覺，一千個人有一萬種紅樓夢。
我舉的那一句是表明寶玉的中心地位，不是秋紋要顯
派。」

　　這怎麼行？我「咣咣咣咣」舉出了四條證據：

一、小紅事件。

小紅給寶玉倒了一回水，秋紋聽了，兜臉啐了一口，罵道：「沒臉的下流東西！正經叫你催水去，你說有事故，倒叫我們去，你可等著做這個巧宗兒。一里一里的，這不上來了。難道我們倒跟不上你了？你也拿鏡子照照，配遞茶遞水不配！」碧痕道：「明兒我說給他們，凡要茶要水送東送西的事，咱們都別動，只叫他去便是了。」秋紋道：「這麼說，不如我們散了，單讓他在這屋裏呢。」

秋紋自視頗高，認為自己地位與眾不同，別人「趕不上」她，並且很有野心，也想向上爬，所以才會那麼「忌諱」小紅的行為。

二、賞衣事件。

當秋紋意外地得到了一點賞賜的時候，她受寵若驚自不必說，竟然有些洋洋自得而炫耀：「你們知道，老太太素日不大同我說話的，有些不入他老人家的眼的。那日竟叫人拿幾百錢給我，說我可憐見的，生的單弱。這

可是再想不到的福氣。幾百錢是小事，難得這個臉面。」

三、倒水事件。

也就是剛剛討論的，秋紋說，「憑你是誰的，你不給？我管把老太太茶吊子倒了洗手。」還有用寶玉的「漚子」。

四、月錢事件。

「正說著，只見秋紋走來，眾媳婦忙趕著問好，又說：『姑娘也且歇一歇，裏頭擺飯呢。等撤下飯桌子，再回話去。』秋紋笑道：『我比不得你們，我哪裏等得。』說著便直要上廳去。平兒忙叫：『快回來。』秋紋回頭見了平兒，笑道：『你又在這裏充什麼週邊的防護？』一面回身便坐在平兒褥上。」

導師說：「丫頭們各司其職是對的。秋紋有權力、甚至也應該指責小紅。一碼歸一碼，眼光向上，也是人之常情。至少在也漚了這件事上，我沒看出她要趁機抹的意思。畢竟那個漚子壺在比秋紋還要小的丫頭手中，這

個更小的丫頭就是偷用了，也做得到的。」

我著急地指出：「就是要當著大家的面用，才有臉面呀。」

導師微笑道：「不爭了，我們各執己見吧。這個我說你想多了，你也不服的。但你確實想多了哈。」

我還有點不死心：「是清代的姜祺先想多的。他寫詩道：羅衣雖舊主恩新，受寵如驚拜賜頻。笑語喃喃情肖肖，拾人餘唾轉驕人。詩末評語曰：一人有一人身份，秋姐諸事，每覺器小。」

導師說：「所以，我說一千個人有一萬種紅樓夢，比哈姆雷特多十倍。」

我靈機一動：「這跟老師討論一上午，感覺可以寫一篇秋紋啦。」

導師笑道：「你寫吧。『一千個人有一萬種紅樓夢』就算我送你的標題黨。」

《紅樓夢》裏的分餐制與「立規矩」

《紅樓夢》大部分場合用的是合餐，但是同時他們也實行分餐。

一種是天冷之際，鳳姐提議讓李紈帶著寶釵、黛玉、探春等姑娘開個小廚房在大觀園中吃飯，不用走到榮國府和長輩們一起吃。

> 鳳姐兒和賈母王夫人商議說：「天又短又冷，不如以後大嫂子帶著姑娘們在園子裏吃飯一樣。等天長暖和了，再來回的跑也不妨。」王夫人笑道：「這也是好主意。颳風下雪倒便宜。吃些東西受了冷氣也不好，空心走來，一肚子冷風，壓上

些東西也不好。不如後園門裏頭的五間大房子，橫豎有女人們上夜的，挑兩個廚子女人在那裏，單給他姊妹們弄飯。新鮮菜蔬是有分例的，在總管房裏支去，或要錢，或要東西，那些野雞，獐，麅各樣野味，分些給他們就是了。」賈母道：「我也正想著呢，就怕又添一個廚房多事些。」鳳姐道：「並不多事。一樣的分例，這裏添了，那裏減了。就便多費些事，小姑娘們冷風朔氣的，別人還可，第一林妹妹如何禁得住？就連寶兄弟也禁不住，何況眾位姑娘。」

鳳姐這個分餐制的提議，體現了鳳姐對大觀園姊妹的真心疼愛，尤其是對林妹妹的關懷；其次也體現了大公無私，因為鳳姐並不住在大觀園，她提議這個分餐制實行之後，李紈可以不用在太婆婆那兒立規矩，眾姊妹免了冬日路途上的忍寒受凍，但是她自己並沒有從中得到任何好處。

因此賈母喜歡得讚不絕口，賈母道：「正是這話了。上次我要說這話，我見你們的大事多，如今又添出這些事來，你們固然不敢抱怨，未免想著我只顧疼這些小孫

子孫女兒們，就不體貼你們這當家人了。你既這麼說出來，更好了。」因此時薛姨媽李嬸都在座，邢夫人及尤氏婆媳也都過來請安，還未過去，賈母向王夫人等說道：「今兒我才說這話，素日我不說，一則怕逗了鳳丫頭的臉，二則眾人不伏。今日你們都在這裏，都是經過姒娌姑嫂的，還有他這樣想的到的沒有？」薛姨媽、李嬸、尤氏等齊笑說：「真個少有。別人不過是禮上面子情兒，實在他是真疼小叔子小姑子。就是老太太跟前，也是真孝順。」

另一種是一時興起，換換花樣，比如說《紅樓夢》第四十回，因為湘雲曾經設了螃蟹宴招待大家，因此賈母正和王夫人眾姐妹商議給史湘雲還席。

　　寶玉因說道：「我有個主意：既沒有外客，吃的東西也別定了樣數，誰素日愛吃的，揀樣兒做幾樣。也不要按桌坐席，每人跟前擺一張高几，各人愛吃的東西一兩樣，再一個什錦攢心盒子、自斟壺，豈不別致？」賈母聽了，說：「很是。」忙命傳與廚房：「明日就揀我們愛吃的東西作了，按著人數，再裝了盒子來，早飯也擺在園裏吃。」

　　什錦攢心盒子，其實就是攢盒的一種，是盛菜、果的盤盒，因為分許多格子，都攢向中心，所以叫做「攢心盒子」。

　　林語堂最喜歡的《浮生六記》中的芸娘曾經設計過類似的食盒：

　　　　芸為置一梅花盒：用二寸白磁深碟六隻，中置一隻，外置五隻，用灰漆就，其形如梅花，底蓋均起凹楞，蓋之上有柄如花蒂。置之案頭，如一朵墨梅覆桌；啟蓋視之，如菜裝於瓣中，一盒六色。

　　言及此，又牽涉到《紅樓夢》中的一個飲食規矩，也就是吃飯時兒媳婦、孫媳婦對婆婆、太婆婆要站著伺候。第三回，林黛玉進賈府後，拜見賈政之時，賈政齋戒去了，黛玉正在和王夫人話家常，有丫鬟來回：「老太太那裏傳晚飯了。」王夫人忙攜了黛玉，往賈母院中去。但是王夫人並不在賈母處吃飯，為何要忙忙趕去？她們進入房門後，已有多人在此伺候，「見王夫人來了，方安設桌椅。賈珠之妻李氏捧飯，熙鳳安箸，王夫

人進羹。賈母正面榻上獨坐。」脂硯齋此處的批註道破疑竇——「不是待王夫人用膳，是恐使王夫人有失侍膳之禮耳！」因此，王夫人急忙趕去是為「侍膳」，親自為婆婆進羹。這是媳婦必須對婆婆表達的孝順之心。

第四十三回，賈母特意給王熙鳳湊份子過生日，滿府的人都來了，薛姨媽和賈母對坐，邢夫人、王夫人只坐在房門前兩張椅子上，寶釵姊妹坐在炕上，就連賴嬤嬤等幾個年老的家人，也被安排了一個小杌子。但是尤氏和鳳姐兒，卻只能在地上站著。

在婆婆和太婆婆面前，媳婦兒只有站著的份兒。邢夫人和王夫人因為年齡也不小了，又有兒媳婦在跟前，才額外被安排了一個房門前的椅子，以表示和婆婆的差異。但是，尤氏和王熙鳳、李紈妯娌，就只有站著的資格了。

螃蟹宴的時候，上面一桌：賈母、薛姨媽、寶釵、黛玉、寶玉；東邊一桌：史湘雲、王夫人、三春；西邊一桌：李紈和鳳姐的，虛設座位，二人皆不敢坐。這還是因為是史湘雲請客，所以給二人設了虛位。第四十回，賈母擺宴大觀園的時候，賈母帶著寶玉、湘雲、寶釵、黛玉一桌，王夫人帶著迎春姐妹一桌，劉姥姥傍著

賈母一桌。李紈和鳳姐兒呢？沒位置！等到賈母等都吃完了，往探春房裏閒話去了，李紈和鳳姐兒才坐下來吃飯。

脂批曾經點出：「在劉姥姥眼中，以為阿鳳至尊至貴，普天下人都該站著說，阿鳳獨坐才是。如何今見阿鳳獨站哉？」

《紅樓夢》中的這種飲食規矩體現了滿族習俗。有學者指出，曹家在文化上已是滿人而不是漢人了。十七世紀，滿族入主中原以後，漢化日益加深，逐漸發展出一種滿漢混合型的文化。這個混合型文化的最顯著特色之一便是用已經過時的漢族禮法來緣飾流行於滿族間的那種等級森嚴的社會制度。其結果是使滿人的上層社會走向高度的禮教化。所以一般地說，八旗世家之尊禮守法實遠在同時代的漢族高門之上。曹雪芹便出生在這樣一個「詩禮簪纓」的貴族家庭中。因此，在《紅樓夢》中，我們看到了森嚴的進餐等級制度。

其一，滿族八旗世家，娶進來的媳婦兒是沒地位的。王夫人雖是長輩，王熙鳳貴為榮國府的大管家，但她們均是媳婦兒，因此也是要站著伺候老祖宗吃飯的。其二，滿人習俗，姑奶奶尊貴。《清稗類鈔》「風俗類」

之「旗俗重小姑」條：旗俗，家庭之間，禮節最繁重，而未字之小姑，其尊亞於姑，宴居會食，翁姑上座，小姑側坐，媳婦則侍立於旁，進盤匜、奉巾櫛惟謹，如僕媼焉。因此，進餐時，黛玉、寶釵和迎探惜三姐妹雖是晚輩，但她們是「姑奶奶」，還是未出閣的姑奶奶，滿族姑奶奶尊貴，未出閣尤其尊貴，因此被小心侍奉而安坐泰然。所以幾十年後，王夫人依然滿懷羨慕地追憶自己的小姑：「只說如今你林妹妹的母親，未出閣時，是何等的嬌生慣養，是何等的金尊玉貴，那才像個千金小姐的體統。如今這幾個姊妹，不過比別人家的丫頭略強些罷了。」

那麼，旗俗為什麼如此重小姑呢？那是因為未出嫁的大姑娘有可能被選為妃，一旦中選，將成為整個家族的榮耀。《清稗類鈔》「禮制類」之「選后」條指出：「蓋旗女未出室，與父母坐，輒右女而左父母。殊似西禮。惟西禮待女以賓，旗禮為備充後庭，不相同耳。」這種說法有《清宮遺聞》卷二「記滿洲姑奶奶」予以佐證：「旗人家族習慣，皆以未字之幼女為尊。雖其父母兄嫂，亦皆尊稱之為『姑奶奶』……旗人男稱『爺』，女稱『奶』，乃極尊貴之名稱；亦有稱姑娘為爺者，是雌而雄矣。但

未字之女最尊，若出嫁後則又等閒視之，不知何故。或云幼女未字時，有作皇后太后之希望，是或然歟？」

末代皇帝溥儀自傳《我的前半生》也談到：「據說旗人姑娘在家裏能主事，能受到兄嫂輩的尊敬，是由於每個姑娘都有機會選到宮裏當上嬪妃。」

張愛玲《紅樓夢魘》之「五詳紅樓夢」總結了女兒落座、媳婦伺候的玄機：「滿人未婚女子地位高於已婚的，因為還有入宮的可能性。因此書中女兒與長輩一桌吃飯，媳婦在旁伺候。」

輯
三

寶玉偏偏不愛「素顏」的寶姐姐

　　紅樓夢裏的女孩子化妝嗎？

　　首先，那些大丫頭是化的。沒見金釧見了寶玉，打趣他說：「我這嘴上是才擦的香浸胭脂，你這會子可吃不吃了？」寶玉見了鴛鴦，見她脖頸的白膩不在襲人之下，便猴上身去涎皮笑臉的道：「好姐姐，把你嘴上的胭脂賞我吃了罷。」金釧是王夫人的大丫頭，鴛鴦是賈母的大丫頭，這說明她們身邊的大丫頭還是很注重形象打扮的。

　　其次還有鳳姐和尤二姐。鳳姐過生日的時候，和賈璉大鬧了一場，賈璉看到的她「也不盛妝，哭的眼睛腫著，也不施脂粉，黃黃的臉兒，比往常更覺可憐可愛。」

聯繫到鳳姐彩繡輝煌的出場——「粉面含春威不露」，可知鳳姐「往常」是很重視美容的。

尤二姐被鳳姐賺入賈府，沒了頭油，問善姐要，有了王熙鳳授意的善姐沒好氣地勸她省省，而且給她的茶飯都系不堪之物，所以尤二姐漸次黃瘦了下去。賈璉有了秋桐固然喜新厭舊，但少了胭脂水粉的滋潤，又沒了正常食物的營養，又黃且瘦的尤二姐想來也不大能夠像賈母初見時誇讚的那樣，比王熙鳳還齊全些。最後二姐吞金，在臨死前掙扎著穿好了衣服做了最後一次人生的打扮，賈璉見到二姐「比生前更覺美貌」，又是心痛又是良心發現，不覺撫屍痛哭。「娶妾娶色」，這是最讓人心酸的說明了。

不光是鳳姐、尤二姐這樣的年輕媳婦，年紀大些的夫人也不會疏懶此道。

尤氏去探望李紈，跟來的丫頭媳婦們因問：「奶奶今日中晌尚未洗臉，這會子趁便可淨一淨罷？」尤氏點頭，李紈忙命素雲來取自己妝盒，素雲又將自己脂粉拿來，笑道：「我們奶奶就只沒粉合胭脂，奶奶不嫌髒，這是我沒有用過的。」李紈道：「我雖沒有，你就該往姑娘們那裏取去，怎麼公然拿出你的來？幸而是他，要是別

人，豈不惱呢？」

這一段一擊兩鳴。賈珍的夫人尤氏，雖說是填房，年紀不可能太大，但是又是尤二姐尤三姐的姐姐，所以也不可能太年輕，然而也是要有必要的妝飾的。李紈雖然不算年紀大，但由於青春喪偶，「豈無膏沐，誰適為容？」她要是打扮，是要惹人非議的，所以作為寡婦的李紈，沒有脂粉，雖處綺羅叢中，卻似槁木死灰一般。

另外，還有王夫人、賈母，到了正式場合，比如元妃省親之時，也都是「按品大妝」。

由此可見，是否梳妝打扮，不僅僅只是愛美，其實也透露了一個人的地位、或者心境。

那麼大家最愛的林妹妹化不化妝呢？

一般人肯定認為林妹妹是素顏的，不都是推崇「素面朝天」的美人麼？

寶玉一時興起，要和秦鍾一起上學。開學那天，寶玉辭了賈母、賈政等長輩，準備去學校，忽然想起，還沒有向黛玉告別，別的姐妹就算了，但是林妹妹是必須去告個別的，所以急忙跑去向黛玉作辭，正好此時黛玉已起床，正在窗下對鏡晨妝，寶玉就囑咐一大堆話，其中還有一句是「那胭脂膏子，也等我來再制」，所以，

林妹妹是打扮的。八七版電視劇《紅樓夢》的劇照更是借鑒了《女史箴圖》，又化用了溫庭筠的〈菩薩蠻〉——「懶起畫蛾眉，弄妝梳洗遲。照花前後鏡，花面交相映」，活畫出一副美人圖了。

真正素面朝天的是誰呢？——寶姐姐！薛姨媽早就說了——「寶丫頭古怪著呢，他從來不愛這些花兒粉兒的。」

可是她的這種素淨卻讓老太太都覺得太過了。

而且，一個很關鍵的問題是，以前我們覺得寶玉不喜歡寶釵是因為寶釵追求「好風頻借力，送我上青雲」，總是勸說寶玉走仕途經濟之路，兩人志趣不投，難以有心靈上的共鳴。

可是引入妝飾這個角度，我們恐怕不免發現，寶玉和寶釵的審美情趣都大相徑庭，兩個人生活在一起也許都不能互相欣賞。

先看外貌，寶玉是：頭上戴著束髮嵌寶紫金冠，齊眉勒著二龍搶珠金抹額，穿一件二色金百蝶穿花大紅箭袖，束著五彩絲攢花結長穗宮條，外罩石青起花八團倭緞排穗褂，登著青緞粉底小朝靴。

黛玉：掐金挖雲紅香羊皮小靴，罩了一件大紅羽紗

面白狐狸裏的鶴氅，束一條金心閃綠雙環四合如意絛、頭上罩了雪帽。

寶釵：頭上挽著漆黑的油光纂兒，蜜合色棉襖，玫瑰紫二色金銀鼠比肩褂，蔥黃綾棉裙，一色半新不舊。

蜜合色是何顏色？須知「蜜合」二字本是中藥用語，即指一般做丸藥時除將各色藥材碾碎備用之外，還須準備蜂蜜朱砂等物，與藥末和勻，團而為丸，蜂蜜起黏結、袪苦澀作用，朱砂取顏色紅豔、去邪崇作用。因此蜂蜜之金黃，朱砂之丹紅相摻和，應當就是所謂「蜜合」之色，多數典籍偏重於「微黃而帶紅色」。

所以從服裝顏色搭配上，其實寶黛都鍾意「大紅」、「青金」等亮色，而寶釵喜歡的是「半新不舊」、「微黃帶紅」的暗色，哪兩個更匹配呢？

再看房間搭配：

怡紅院：門上掛著蔥綠撒花軟簾。四面牆壁玲瓏剔透，琴劍瓶爐皆貼在牆上，錦籠紗罩，金彩珠光，連地下踩的磚，皆是碧綠鑿花。

瀟湘館：精緻。用劉姥姥的話說：「滿屋子的東西都只好看，都不知叫什麼，我越看越捨不得離了這裏。」

蘅蕪苑：雪洞一般，一色玩器全無，案上只有一個

土定瓶中供著數枝菊花，並兩部書，茶奩茶杯而已。床上只吊著青紗帳幔，衾褥也十分樸素。

寶玉見了燃藜圖，就要皺眉，而到了秦可卿精心修飾過的屋子 ——「案上設著武則天當日鏡室中設的寶鏡，一邊擺著飛燕立著舞過的金盤，盤內盛著安祿山擲過傷了太真乳的木瓜。上面設著壽昌公主於含章殿下臥的榻，懸的是同昌公主制的聯珠帳。」寶玉含笑連說：「這裏好！」

兩者相形而下，顯然寶玉更喜歡精緻的瀟湘館而不大感冒雪洞一般的蘅蕪苑。

當然，精緻和樸素，美妝和素顏，每個人是「蘿蔔白菜，各有所愛」，然而，對於寶玉來說，精緻和美妝是他擅長和特別喜愛的，平兒理妝一節可算是做了最充分的說明了：寶玉忙走至妝台前，將一個宣窯瓷盒揭開，裏面盛著一排十根玉簪花棒，拈了一根遞與平兒。又笑向她道：「這不是鉛粉，這是紫茉莉花種，研碎了兌上香料制的。」平兒倒在掌上看時，果見輕白紅香，四樣俱美，攤在面上也容易勻淨，且能潤澤肌膚，不似別的粉青重澀滯。然後看見胭脂也不是成張的，卻是一個小小的白玉盒子，裏面盛著一盒，如玫瑰膏子一樣。

寶玉笑道：「那市賣的胭脂都不乾淨，顏色也薄。這是上好的胭脂擰出汁子來，淘澄淨了渣滓，配了花露蒸疊成的。只用細簪子挑一點兒抹在手心裏，用一點水化開抹在唇上，手心裏就夠打頰腮了。」平兒依言妝飾，果見鮮豔異常，且又甜香滿頰。寶玉又將盆內的一枝並蒂秋蕙用竹剪刀擷了下來，與她簪在鬢上。

林妹妹愛晨妝，寶姐姐喜素顏，其實也代表了不同的人生態度。《韓非子·顯學》裏說道：「故善毛嗇、西施之美，無益吾面，用脂澤粉黛，則倍其初。」在曹雪芹心中，林妹妹一定是更像「翠生生出落的裙衫兒茜，豔晶晶花簪八寶填，我一生愛好是天然」的杜麗娘的。

從服飾妝容的角度看，寶玉的理想對象不是寶姐姐，除了三觀不一致，還有審美不相投。

寶玉理想的婚姻生活，除了不要有「仕途經濟」的囉唆，而且恐怕是有「張敞畫眉」的精雅追求的。林妹妹眉尖若蹙，而且是「罥煙眉」，淡淡的，寶玉大有施展之處；而寶姐姐「眉不畫而翠」，又好「半新不舊」，不愛「花兒粉兒」，可讓寶玉如何措手呢？

黛玉的真正良配不是寶玉或北靜王，而是……

《紅樓夢》裏在寶玉和寶釵成婚的當天，黛玉淚盡焚稿，聲聲喚著「寶玉，寶玉……」含恨而死，賺足了讀者的眼淚。

大家紛紛口誅筆伐封建包辦婚姻的罪惡，生生拆散了寶黛這對佳偶。

但是且慢，黛玉的真正良配是寶玉嗎？

大家懵了，這個，咋不是？咋可能不是？你為啥有這種奇怪的想法？

很多學者包括美國學者，都認為黛玉不是寶玉的良配，比如夏志清先生認為黛玉的身體不健康，性格也尖

刻，據說她是為還淚而來，但她的眼淚抱怨多於感恩，所以就算寶玉娶了她，也是憐憫多於愛。

但是，反過來，寶玉是黛玉的良配嗎？

首先，寶玉的財務不自由。寶玉曾經說過：雖然家裏有錢，但又不歸我使。

其次，寶玉的婚姻不自主。當時盛行的是「父母之命，媒妁之言」，他的婚姻他自己說了不算，所以書中是賈母王夫人和王熙鳳共同商議，定下了薛寶釵。

再次，寶玉的妻妾一大堆。僅看和寶釵成婚後，屋裏還有一個沒過了明路的準姨娘襲人，寶玉還曾移情於五兒 —— 五兒見麝月已睡，只得起來重新剪了蠟花，倒了一盅茶來，一手托著漱盂。卻因趕忙起來的，身上只穿著一件桃紅綾子小襖兒，鬆鬆的挽著一個纂兒。寶玉看時，居然晴雯復生。忽又想起晴雯說的「早知擔個虛名，也就打個正經主意了」，不覺呆呆的呆看，也不接茶。

所以，即使是寶玉和黛玉結婚了，襲人只怕也得是屋裏人。和黛玉結婚了，寶玉不會出家，因此，寶玉給篦過頭的麝月；和寶玉一起洗過澡、屋裏席子上都是水的碧痕；宛如晴雯復生的五兒……那還不漸漸都收做了

姨娘？黛玉是個大家小姐，當時若不容這個，還要不要賢良淑德的名聲了？就是自己不樂意，婆婆王夫人還不得拿「七出之一 —— 嫉妒」這頂帽子壓著？王夫人連自己侄女王熙鳳都管，說她若不許丈夫納妾恐外面的名聲不好聽，更何況黛玉？

有人說大家小姐都懂事，所以你看之前，黛玉就曾經趕著襲人叫嫂子，還打趣寶玉和襲人說「想是你們兩口子拌了嘴，告訴妹妹，妹妹給你們和解和解。」認為這是因為襲人最多是妾，不會威脅黛玉的地位，所以黛玉能容。

嘻，那不是能容，那是不得已。

如果當時的制度不是一妻多妾而是一夫一妻，你看黛玉能容不能容？別說黛玉了，你看賈母邢夫人王熙鳳，甚至是被認為最大度的薛寶釵，能容不能容？《甄嬛傳》裏的一句台詞倒是道出了真諦 ——「凡是深愛丈夫的女子，有誰願意看著深愛的丈夫與別的女人恩愛生子啊！」

上面說的還是沒孩子的情況下。假如妻妾都有了孩子呢？看看雞飛狗跳的王夫人和趙姨娘就知道了。還沒有結婚的時候，襲人都能夠打著「為寶玉好」的旗號向

王夫人進讒言讓寶玉搬出園子和黛玉分開；那結了婚襲人有了孩子，假如黛玉也有了孩子，這可關係到人家襲人實實在在的利益了，那局面不敢想像。

寶玉這樣，甄寶玉更不用説，甄寶玉既然更早地順從了「仕途經濟」，那在妻妾子嗣上面，想必更是早早地「廣納妻妾，以備子嗣」，就更不消提了。

那麼，黛玉的良配是北靜王嗎？這是一個呼聲很高的選項。

看北靜王水溶的容貌：

頭上戴著潔白簪纓銀翅王帽，穿著江牙海水五爪坐龍白蟒袍，繫著碧玉紅鞓帶，面如美玉，目似明星，真好秀麗人物。

北靜王會説話。他當著賈政的面誇寶玉：「令郎真乃龍駒鳳雛，非小王在世翁前唐突，將來『雛鳳清於老鳳聲』，未可量也。」對父誇子，沒有比這種誇法更讓人欣慰的了。誇兒子比父親有出息，其實也是在誇父親教子有方。一種誇法誇了兩個人，小小年紀的北靜王，其處世的圓滑並不亞於賈雨村。

北靜王會做人，當賈赦賈政賈珍趕來見禮，北靜王「在轎內欠身含笑答禮，仍以世交稱呼接待，並不妄自

尊大」。與賈赦賈政賈珍見過禮之後，禮數已到，本可打道回府，賈赦賈珍等也請他「回輿」，然而他卻說：「逝者已登仙界，非碌碌你我塵寰中之人也，小王雖上叨天恩，虛邀郡襲，豈可越仙軸而進也？」從世交的輩分上說，秦可卿是北靜王的晚輩；從地位上說，北靜王是郡王，秦可卿只是五品夫人，都沒有北靜王為秦可卿送行的道理。然而，北靜王卻說秦可卿已登仙界，非凡人可比，自然應該凡人為仙者讓路送行。

所以你看，北靜王先祖是開國功臣，享受著「天恩祖德」，過著「錦衣紈綺，飫甘饜肥」的生活。更厲害的是，北靜王早早襲了王位，「年未弱冠」（不到二十歲），當家立事，「探喪上祭」，禮數周全。

這看起來怎麼也是黛玉的良配了吧？

但是你想寶玉說過的一句話 ——「北靜王的一個愛妾昨日沒了，給他道惱去。他哭的那樣，不好撇下就回來，所以多等了一會子。」

雖然這是寶玉為了在鳳姐生日當天跑出去祭奠金釧兒找的一個藉口，但是大家既然相信，可見北靜王有愛妾（還不止一個）眾所周知。何況，就算寶玉不說，以北靜王的身份地位，那時的社會氛圍也不大可能讓他

「一生一世一雙人」的。可是這樣一來，那不正應了紫鵑的話？——「公子王孫雖多，那一個不是三房五妾，今兒朝東，明兒朝西？要一個天仙來，也不過三夜五夕，也丟在脖子後頭了，甚至於為妾為丫頭反目成仇的。若娘家有人有勢的還好些，若是姑娘這樣的人，有老太太一日還好一日，若沒了老太太，也只是憑人去欺負了。」

更何況黛玉和北靜王也不來電啊。寶玉曾經把北靜王所贈的鶺鴒香串轉送給黛玉，沒想到黛玉很是嫌棄，「什麼臭男人拿過的！我不要他」，因此「擲而不取」。

那麼，黛玉的良配到底是誰呢？

神瑛侍者啊！

西方靈河岸上三生石畔，有絳珠草一株，時有赤瑕宮神瑛侍者，日以甘露灌溉，這絳珠草始得久延歲月。後來既受天地精華，復得雨露滋養，遂得脫卻草胎木質，得換人形，僅修成個女體。

所以你看，這神瑛侍者，第一，專一。他只給這小草澆水，從不跑去路柳牆花那兒廣施雨露。第二，從不PUA。他從不說你只是株草有什麼了不起，你為什麼不是一朵花BalaBala。同理，他也不會挑剔黛玉你為什麼身體也不好性格也不好。身體不好，治唄；性格不好？

天天順著你沒人敢在我面前欺負你日子過得順心了性格能不好嗎？第三，謙和。人家自己這麼有能力，自己叫自己什麼？──「侍者」！

所以現代版的黛玉型女孩子，不要被寶玉和北靜王的好條件迷惑了雙眼，因為那都是外在的，最重要的是找一個神瑛侍者，因為只有神瑛侍者才會給你──

全心全意的愛啊！

什麼？你怕神瑛侍者沒錢？他是赤瑕宮神瑛侍者，不是赤腳大仙神瑛侍者，他有一座宮殿啊！

哈哈哈！

「討好型」人格過不好這一生：
寶釵正解

　　寶玉成婚之後出家為僧，讓事事完美的寶釵寡居一生。很多人為之憤憤不平，認為寶玉若願意安於現狀，和寶釵原本可以成為一對神仙眷屬。寶釵不但才貌雙全，而且有理家才幹，想必能讓寶玉的小日子過得妥妥帖帖。這想法就錯了，寶釵的「討好型」人格讓她過不好這一生。

　　「討好型」是薩提亞提出的生存姿態之一，特點是非常關注他人的情景，卻絲毫不在意自己，常常以一種令人愉快的面目出現，因此在大部分文化和家庭中得到高度的接納。

熟悉嗎？第五回寶釵一登場，「行為豁達，隨分從時……便是那些小丫頭子們，亦多喜與寶釵去頑。」

第十八回元妃省親，寶釵寫詩誇讚元春道：「睿藻仙才盈彩筆，自慚何敢再為辭。」也就是說元春姐姐寫詩寫得太好了，讓我們都很自慚形穢不敢提筆寫了。然而，明明元春是不擅長詩詞的，而寶釵則是大觀園中數一數二的才女。

第二十二回寶釵過生日，承歡賈母，「寶釵深知賈母年老人，喜熱鬧戲文，愛吃甜爛之食，便總依賈母往日素喜者說了出來，賈母更加歡悅。」

第三十二回王夫人打了金釧兒，攆出了賈府，結果金釧兒含羞跳井自盡，連賈政都認為這是「執事人操克奪之權，致使生出這暴殄輕生的禍患。若外人知道，祖宗顏面何在！」王夫人一貫吃齋念佛，這一慈善人設在金釧兒跳井面前面臨崩塌，王夫人心中極度不安。此時寶釵提出了「貪玩落井說」、「糊塗活該說」：「姨娘是慈善人，故然這麼想。據我看來，他並不是賭氣投井。多半他下去住著，或是在井跟前貪頑，失了腳吊下去的。他在上頭拘束慣了，這一出去，自然要到各處去頑頑逛逛，豈有這樣大氣的理！縱然有這樣大氣，也不過是個

糊塗人，也不為可惜。」王夫人放下了心中重負，想讓林黛玉拿過生日新做的衣服給金釧兒做棺材中的妝裹，此時寶釵忙道：「我前兒倒做了兩套，拿來給他豈不省事。況且他活著的時候也穿過我的舊衣服，身量又相對。」王夫人道：「雖然這樣，難道你不忌諱？」寶釵笑道：「姨娘放心，我從來不計較這些。」

討好型人格確實會在人際交往中帶來許多便利和好處，但是也要分分對象，這個世界上不是什麼人都能被討好的。

第五十五回王夫人請寶釵理家，想不到園內的人比先前放肆了許多。先前不過是大家偷著一時半刻，或夜裏坐更時，三四個人聚在一處，或擲骰或鬥牌，小小的頑意，不過為熬困。近來漸次發誕，竟開了賭局，甚至有頭家局主，或三十吊五十吊三百吊的大輸贏。半月前竟有爭鬥相打之事。

其實在寶釵理家以前，還記得嗎？第二十回的時候寶釵的大丫鬟鶯兒和賈環也在賭。仔細想想，這是很不尋常的。你可以想像到晴雯和賈環在賭嗎？或者紫鵑與賈環在賭嗎？甚至是襲人、平兒或者侍書、入畫？沒有！哪怕沒上沒下的怡紅院，也只是幾個丫鬟在一起玩

抓子兒贏瓜子兒，而不太可能丫環還跟外面的爺們兒去賭。鶯兒作為寶釵的大丫鬟能跟賈環一起賭，而且還牽扯到了銀錢，必然是得到了寶釵的許可，但是這一點首先就是治家不謹。

其次，當賈環輸了又耍賴，鶯兒憤憤不平的時候，寶釵首先是呵斥了鶯兒，指鹿為馬地裁定是鶯兒的錯。當然，又一次是寶釵的討好型人格佔了上風，在兩害相權的時候，委屈自己的侍女以討好賈府的少爺——「越大越沒規矩，難道爺們還賴你？還不放下錢來呢！」但是寶釵低估了人性，沒想到一個小女奴也有情緒，忍不住把寶玉和賈環做了比較。「一個作爺的，還賴我們這幾個錢，連我也不放在眼裏。前兒我和寶二爺頑，他輸了那些，也沒著急。下剩的錢，還是幾個小丫頭子們一搶，他一笑就罷了。」一向自卑的賈環忍不住就哭了「我拿什麼比寶玉呢。你們怕他，都和他好，都欺負我不是太太養的。」賈環一向不受賈府人待見，寶釵本來想通過和賈環的交往，來給賈環留下美好的印象，甚至中間不惜顛倒黑白斥責侍女，然而弄巧成拙，當賈環回想此事時，他的感受恐怕未必是美好的。

有一個非常著名的故事。一個小孩兒，小時候偷

針，但是他的母親不但沒有糾正他，反而認為他做的對，所以這個小孩兒一直做壞事，直到長大了觸犯刑法，臨刑之際，對母親充滿了怨恨，這就是「小時偷針，長大偷金」的故事。

假如說賈環長大了還是一個無賴，他回想此事時，是一件不美妙的回憶。假如說賈環長大了變成了一個高尚的人，他回想此事時，會怎樣評價和對待寶姐姐呢？恐怕最少也是敬而遠之。

所以，這樣的討好型人格，要麼給人家留下了不美妙的用戶體驗，要麼使人家對自己疏遠甚至留下負面評價，這不是南轅北轍嗎？

如果被討好的對象是正派的，善良的，對方看到你的用心，會給予鼓勵和肯定。因此，賈母王夫人林黛玉史湘雲等都對寶釵給予了善解人意、溫柔體貼、「好姐姐」等評價。

但是如果被討好的對象是居心不良的呢？這些人心知肚明，寶釵不願意得罪人、好面子，萬一就是出了什麼事兒，也要看關係、看利害、搞平衡，不是法不責眾，就是丟車保帥，所以這些人就敢膽大妄為。

寶釵不禁止那些丫環婆子們去賭，再加上寶釵自言

因自己的緣故賈府有一個小角門任意開鎖——「我在園裏住，東南上小角門子就常開著，原是我走的，保不住出入的人就圖省路也從那裏走，又沒人盤查」，最終必將釀出賈母所說的大禍：

> 賈母忙道：「你姑娘家，如何知道這裏頭的利害。你自為耍錢常事，不過怕起爭端。殊不知夜間既耍錢，就保不住不吃酒，既吃酒，就免不得門戶任意開鎖。或買東西，尋張找李，夜靜人稀，趁便藏賊引奸引盜，何等事作不出來。況且園內的姊妹們起居所伴者皆系丫頭媳婦們，賢愚混雜，賊盜事小，再有別事，倘略沾染些，關係不小。這事豈可輕恕。」

果然，「繡春囊事件」就發生了。雖然說，邢夫人拿給王夫人，是邢夫人作為大房卻沒能管家，因此拿去責備她和王熙鳳有治家之權卻有失職之嫌，故而實質是和王夫人的權力之爭。但是，「繡春囊事件」確實是可怕的，因為它出現在大觀園，而賈府（包括薛府）的未婚小姐都住在大觀園，一旦傳揚出去，將對她們的婚嫁產

生致命影響，而對四大家族產生不可估量的可怕打擊。

　　所以這是「討好型人格」的第二個問題，就是招致災禍。

　　因此，鳳姐理家失之過嚴，所以「上下沒有不怨恨我的」，但是這些怨懟還只是集中在鳳姐一個人身上；而寶釵理家卻失之過寬，以至於有些小人敢為所欲為，最終給家族帶來可怕的災難。

　　「討好型人格」，讓你失去底線，也葬送了幸福！

《紅樓夢》中情商「最高」的是襲人

現代人對於情商非常注重，那麼，如果回到《紅樓夢》文本，誰的情商最高呢？我認為襲人是實力派選手。

有人認為是情商最高的是老太太，我認為不是的。老太太地位高，她一開始就是出自四大家族「賈王史薛」中的史家。史家是什麼家族？「阿旁宮，三百里，住不下金陵一個史」。她嫁的是什麼家族？「賈不假，白玉為堂金作馬」的賈家。從重孫媳婦做起，到現在自己有了重孫媳婦，現在是賈府的最高女家長。出身高貴，夫家高貴，自己又生了兩子一女，地位穩固。老太太肯定情商高，但是顯然她的好牌多，佔了多少優勢。

襲人呢？出身普通人家，又被賣到賈府，「當日原

是你們沒飯吃，就剩我還值幾兩銀子，若不叫你們賣，沒有個看著老子娘餓死的理。」可見襲人幼時艱辛苦狀。進府之後，也不過是個丫鬟。可以說，出身低，起步晚，沒靠山。而且資質也不過中等以上，容貌、女紅、口齒都不如晴雯。像這樣能夠混上怡紅院丫鬟席位中的頭把交椅，不是靠情商高靠什麼？

有人認為是情商最高的是王熙鳳。我認為也不是的。王熙鳳用大家的月錢放高利貸，賺得盤滿缽滿；收靜虛三千兩銀子拆散別人的婚姻，導致兩人雙雙殉情而死；用坐山觀虎鬥的方式逼死尤二姐……看起來赫赫揚揚，那只是膽大妄為，不是情商高。克扣大家的月錢弄得怨聲載道，高利貸的票據將來抄家的時候也成為了罪證；逼死人命東窗事發，等待她的是曹雪芹早就埋伏好的「一從二令三人木，哭向金陵事更哀」，也就是被休。但是若按她的所作所為產生的後果來看，恐怕不是僅僅被休就可以解決的。而且鳳姐的失敗不能歸結為運氣不好或者偶然因素，她的行為必然會為自己招來禍殃。一個真正情商高的人，至少懂得趨利避害，什麼錢能賺什麼錢不能賺。一個把自己安身立命的位子都玩沒了的人，敢說是情商高？

那襲人呢？請注意，大家一般認為襲人和晴雯同屬怡紅院的大丫頭，地位待遇差不多，實際上差很多的。襲人本是月錢一兩的丫鬟，但帳是算在老太太頭上的，晴雯麝月等的月錢是一吊。後來，王夫人不讓襲人再從老太太那裏領取薪水，而是自己每月拿出二兩銀子一吊錢來給了襲人。襲人「二兩月銀」的規格和賈府中姨娘是一樣的。作為一個丫鬟，襲人在薪金上享受王夫人特殊津貼，在生活上享受姨娘待遇，是相當體面的。

襲人作為怡紅院的丫鬟，能夠越級提拔，得到直屬領導寶玉的頂頭上司——王夫人的賞識，不僅是提高了工資，而且潛在地升了職，這個升職是很快就可以落實的。襲人能從一堆同事裏面脫穎而出，尤其是把各方面都比她優秀的晴雯甩出了不止一條街，不是靠情商高靠什麼？

從感情的角度，鳳姐就更失敗了。雖然她和賈璉也有青梅竹馬的過往，新婚時也有蜜裏調油的時光，但是一切漸漸變質。雖然曹公現在的版本沒有直接寫到鳳姐被休，但是在被認為出自他手筆的前八十回裏，在他們的婚姻存續期間，賈璉已經兩次詛咒她的死亡。

第四十四回〈變生不測鳳姐潑醋〉裏，賈璉和多姑

娘鬼混被鳳姐發現，賈璉反而氣得牆上拔出劍來要殺鳳姐：「不用尋死，我也急了，一齊殺了，我償了命，大家乾淨。」

如果說第四十四回是逼急了，一時發狠，但看第六十五回〈賈二舍偷娶尤二姨〉，賈璉已經是天天盼著鳳姐死了：「又將鳳姐素日之為人行事，枕邊衾內盡情告訴了他，只等一死，便接他進去。二姐聽了，自是願意。」

你看襲人在怡紅院時，寶玉天天惦記著給她留糖蒸酥酪等好吃的東西，時時刻刻襲人姐姐不離口，為了不讓她走還敲斷玉釵表明心跡。即使襲人改嫁了別人，仍只是慨歎「誰知公子無緣」。這樣一比，鳳姐失敗不失敗？襲人厲害不厲害？

還有人認為是情商最高的是薛寶釵。但是仔細想想，寶釵婚前爭了多少天，人家寶玉心中纏纏綿綿還是只有一個黛玉。婚後沒過多少天，丈夫乾脆離家出走了。一個大戶人家的小姐，又不好意思改嫁，只能窩窩囊囊地守寡。把自己這一生經營得這麼憋屈，這也叫情商高？反而襲人呢？之前假裝說要走，把寶玉嚇得要死，不但淚痕滿面，而且又是賭咒又是發誓：「你說，那幾件？我都依你。好姐姐，好親姐姐，別說兩三件，就

是兩三百件，我也依。」之後雖然一心愛慕黛玉，但是仍然記掛著，恐怕還只有黛玉襲人這幾個，還是同死同歸的。在寶玉的人生設想中，黛玉和襲人就是他的嬌妻美妾。而且，不能說這僅僅是因為古代男子三妻四妾很平常，那寶玉第一感覺怎麼不是晴雯呢？也不能說黛玉作為那個時代的大家閨秀也必須遵循這種規矩，允許寶玉納妾。因為不要忘了，寶玉還曾衝口而出，襲人死了他做和尚去，還惹得黛玉說他「做了兩個和尚了」。這說明襲人不僅是在他身邊，而且也曾走入到他的心裏。襲人甚至還能從黛玉手裏奪得一點席位，諸位看官細想想，不是靠情商高靠什麼？最後人家襲人還嫁了有房有地的蔣玉菡，並且是做了正頭娘子。

所以，《紅樓夢》裏的襲人：

一、超越自己的出身階層，從最底層逆襲。

二、和同事（丫鬟）相比，地位穩固。

三、和領導（小姐、少奶奶）相比，笑到最後。

但是，要做到這樣成功靠什麼？

時時刻刻不忘表忠心。襲人過去曾在賈母面前服侍，因為她溫柔和順，賈母將她給了寶玉。過去她為賈母服務時，心中只有一個賈母，現在她為寶玉服務，心

裏只有一個寶玉。在第三十三回中，寶玉被打後，當王夫人派人去找人跟著寶玉時，沒有提到她，但她要求留下來，非常及時地表現出她的忠誠，也贏得了賈母的好感。

揣摩主人的心理，王夫人後期的核心特質甚至可以被高度濃縮為——「愛子」，也就是非常關注自己的兒子寶玉。當府中的事情與寶玉的利益無關時，一般說來，她可以用平淡的心態來處理；但只要與寶玉的利益有關，她就會立刻變得非常警覺和敏感，以雷霆手段給予嚴厲懲罰，金釧兒只因和寶玉調笑就被王夫人逐出賈府含恨自殺就是一個最好的例子。

襲人揣摩出了這一點，因此第三十三回寶玉因金釧兒、琪官兩事併發而被賈政毒打後，王夫人問襲人知不知道緣故，她當然佯作不知金釧兒事件，反而奇峰突起地說寶玉就應該教訓：「若論理，二爺也須得老爺教訓兩頓。若老爺再不管，將來不知做出什麼事來呢。」王夫人一聞此言，便合掌唸聲「阿彌陀佛」，由不得趕著襲人叫了一聲「我的兒，虧了你也明白，這話和我的心一樣。我何曾不知道管兒子，先時你珠大爺在，我是怎麼樣管他，難道我如今到不知管兒子了？只是有個原故：

如今我想，我已經快五十歲的人，通共剩了他一個，他又長的單弱，況且老太太寶貝似的，若管緊了他，倘或再有個好歹，或是老太太氣壞了，那時上下不安，豈不到不好了。所以就縱壞了他。我常常掰著口兒勸一陣，說一陣，氣的罵一陣，哭一陣，彼時他好，過後兒還是不相干，端的吃了虧才罷了。若打壞了，將來我靠誰呢！」說著，由不得滾下淚來。

襲人見王夫人這般悲感，自己也不覺傷了心，陪著落淚。又道：「二爺是太太養的，豈不心疼。便是我們做下人的服侍一場，大家落個平安，也算是造化了，要這樣起來，連平安都不能了。那一日那一時奴才不勸二爺，只是再勸不醒。」

這特別像心理學上的共情（Empathy）能力，或譯作移情能力，指的是一種能設身處地體驗他人處境，從而達到感受和理解他人情感的能力，因此這也是最快拉近距離的方式。但是遺憾的是，襲人的「共情」目的卻在於疏遠和中傷黛玉，故所進之言為：「奴才想著討太太一個示下，怎麼變個法兒以後竟還教二爺搬出園外來住就好了」「如今二爺也大了，裏頭姑娘們也大了，況且林姑娘寶姑娘又是兩姨姑表姊妹，雖說是姊妹們，到底

是男女之分，日夜一處起坐不方便，由不得叫人懸心，便是外人看著也不像。」這裏襲人把林姑娘放在寶姑娘前面，實則裏面的寶姑娘只是虛晃一槍，可以說是把寶黛的關係向王夫人挑明了，而襲人對黛玉的貶低正投合了王夫人的心事，引起王夫人極大的反應，兩人推心置腹，她抓住王夫人愛子心理，取得了信任和應有的承諾。從此她不僅享有了更多的物質待遇，而且也得到了寶玉準姨娘的暗中承諾──「我就把他交給你了，好歹留心，保全了他，就是保全了我。我自然不辜負了你」。

　　得罪人的事從來自己不出頭。春燕之母芳官乾娘來吵，襲人喚麝月道：「我不會和人辯嘴，晴雯性子太急，你快過去震嚇他兩句。」襲人知道王夫人不喜婢女和寶玉太親近，於是自從王夫人抬舉了她之後，總是遠著寶玉，而讓晴雯負責睡寶玉的外床夜晚照顧寶玉。襲人說這個不自重那個不自重，自己卻是唯一和寶玉試過雲雨的。

　　如果這就是情商的話，我佩服，卻不愛她。

《紅樓夢》中曹雪芹最討厭的花

　　都知道曹雪芹應該是很喜歡花卉的，你看《紅樓夢》中女兒多被比喻成花，寶釵是牡丹，黛玉是芙蓉，湘雲是海棠，探春是杏花，李紈是梅花……都是很美的意象，但是，如果細讀《紅樓夢》，我們恐怕有一個揣測，曹雪芹莫非是對一種特別的花有什麼不愉快的記憶？否則，何以《紅樓夢》中只要一出現它，就會跟爭吵和傷害聯繫在一起。

　　這個花，就是桂花！

　　乍聞此，我想很多讀者怕是要對我「飽以老拳」吧？你你你，怎麼敢這麼說桂花？

　　聽說，秋天，用蘇州太湖邊洞庭山上的桂花樹結

的露水來沏茶喝，想必是口角噙香的。桂花糖藕也不錯，藍花瓷盤中盛著胭脂色的藕片，澆一匙蜂蜜在上面，再灑上星星點點金黃的桂花，宛如一幅畫。看看，多麼美！

所以，你說啥？曹雪芹最討厭桂花？！Are you crazy？（你瘋了嗎？）

請您先莫急莫氣，隨我翻開《紅樓夢》細讀一下：

《紅樓夢》第三十四回出現了木樨清露，襲人向王夫人彙報寶玉挨打之後沒有胃口：

> 王夫人道：「噯喲，你不該早來和我說。前兒有人送了兩瓶子香露來，原要給他點子的，我怕他胡糟踏了，就沒給。既是他嫌那些玫瑰膏子絮煩，把這個拿兩瓶子去。一碗水裏只用挑一茶匙兒，就香的了不得呢。」說著就喚彩雲來，「把前兒的那幾瓶香露拿了來。」襲人道：「只拿兩瓶來罷，多了也白糟踏。等不夠再要，再來取也是一樣。」彩雲聽說，去了半日，果然拿了兩瓶來，付與襲人。襲人看時，只見兩個玻璃小瓶，卻有三寸大小，上面螺絲銀蓋，鵝黃箋上寫著「木樨

清露」，那一個寫著「玫瑰清露」。襲人笑道：「好金貴東西！這麼個小瓶子，能有多少？」王夫人道：「那是進上的，你沒看見鵝黃箋子？你好生替他收著，別糟踏了。」

木樨，就是桂花。木樨清露，在清人顧祿《桐橋倚棹錄》中有記載：

> 花露，以甑蒸者為貴，吳市多以錫甑。虎丘仰蘇樓、靜月軒多釋氏制賣，馳名四遠。開甑香冽，為當世所豔稱。其所賣諸露，治肝胃氣則有玫瑰花露；疏肝牙痛，早桂花露；痢疾香肌，茉莉花露；祛驚豁痰，野薔薇露；寬中噎膈，鮮佛手露；氣脹心痛，木香花露；固精補虛，白蓮須露；散結消瘦，夏枯草露；霍亂避邪，佩蘭葉露；悅顏利髮，鞭蓉花露……

共計寫了四十多種花露之名。並引郭麟《虎丘五樂府》之〈詠花露·天香〉（天香指的也是桂花，見名句「桂子月中落，天香雲外飄」）詞云：

百末香濃，三霄夜冷，無數花魂招到。

木樨清露即為桂花蒸餾後所得的香液，有疏肝理氣醒脾開胃的功能。《本草綱目拾遺》中記載：「味微苦。」清蘇州人顧祿《桐橋倚棹錄》云：「治肝胃氣，則有玫瑰花露；疏肝牙痛，早桂花露。」由此可見，為何《紅樓夢》中會有寶玉被打後，王夫人給予木樨清露一說了。然而，這些個金貴的木樨清露玫瑰清露寶玉卻並沒太當作一件事，只喝了小半瓶，轉手便送了芳官。芳官又送了五兒，遂惹出一場盜竊官司來。

《紅樓夢》第六十一回〈投鼠忌器寶玉瞞贓　判冤決獄平兒行權〉提到，恰好近日玉釧兒說那邊正房內失落了東西，幾個丫頭對賴，沒主兒。晴雯走來笑道：「太太那邊的露再無別人，分明是彩雲偷了給環哥兒去了。你們可瞎亂說。」彩雲是個有義氣的人，便對平兒說：「姐姐放心，也別冤了好人，也別帶累了無辜之人傷體面。偷東西原是趙姨奶奶央告我再三，我拿了些與環哥是情真。連太太在家我們還拿過，各人去送人，也是常事。我原說嚷過兩天就罷了。如今既冤屈了好人，我心也不忍。姐姐竟帶了我回奶奶去，我一概應了完事。」

　　寶玉為了避免牽連更多的無辜的人，尤其是保護這些可憐的女孩子，因此挺身而出：「也罷，這件事我也應起來，就說是我唬他們頑的，悄悄的偷了太太的來了。兩件事都完了。」

　　但是，沒想到賈環反而懷疑寶玉和彩雲有私情，將彩雲凡私贈之物都拿了出來，照著彩雲的臉摔了去，還把她臭罵一頓。氣的彩雲哭個淚乾腸斷。把這些露霜之物賭氣一頓包起來，乘人不見時，來至園中，都撇在河內，順水沉的沉漂的漂了。自己氣得夜間在被內暗哭。

　　您看，木樨（桂花）一露面，就把大觀園鬧了個天翻地覆。這桂花事件背後是深刻的分配不均、識人不明和嫡庶之爭的矛盾。

　　最早，寶玉挨打最初的動因就是金釧兒告訴他「你往東小院子裏拿環哥兒同彩雲去。」這話被王夫人聽見打了她一耳光並攆了出去，羞憤難當的金釧兒跳了井。賈環向不明真相的賈政進了讒言，說「寶玉哥哥拉了金釧兒就要強姦」，弄出人命，才導致了賈政痛笞寶玉差點打死。因金釧兒之死王夫人內心不安，於是讓她的妹妹玉釧兒吃了雙份俸祿。這大概不免讓同是王夫人身邊的大丫頭彩雲眼紅，趙姨娘托彩雲偷拿了王夫人的東

西，東窗事發，「可恨彩雲不但不應，他還擠玉釧兒，說他偷了去了。兩個人窩裏發炮，先吵的合府皆知。」這裏面，寶玉多得吃得煩，賈環根本撈不著，這是分配不均了。賈環下絆子想害死寶玉，這是嫡庶之爭了。王夫人房裏的丫頭，要麼沾上了勾引小爺的嫌疑，要麼坐實了盜竊的行為，而且丫頭和丫頭之間還窩裏鬥，鬧得合府皆知。在審理盜竊官司時，平兒和襲人只知道和稀泥，倒是晴雯洞若觀火，説「太太那邊的露再無別人，分明是彩雲偷了給環哥兒去了。」然而王夫人絲毫看不見晴雯的才幹，留下了真正有私情的襲人卻誣認晴雯是「狐狸精」把她趕走。可知王夫人的管理水平，是一團混亂，這是識人不明。後來的繡春囊就算不出現，這家裏都已經亂糟糟不行了。

《紅樓夢》第六十二回〈憨湘雲醉眠芍藥裀　呆香菱情解石榴裙〉「桂花事件」又一次被提起。湘雲要吃鴨頭，眾人催她說酒令，她便用箸子舉著説道：

　　這鴨頭不是那丫頭，頭上那討桂花油。眾人越發笑起來，引的晴雯、小螺、鶯兒等一干人都走過來説：「雲姑娘會開心兒，拿著我們取笑兒，

快罰一杯才罷。怎見得我們就該擦桂花油的？倒得每人給一瓶子桂花油擦擦。」黛玉笑道：「他倒有心給你們一瓶子油，又怕掛誤著打盜竊的官司。」眾人不理論，寶玉卻明白，忙低了頭。彩雲有心病，不覺的紅了臉。

　　寶釵忙暗暗的瞅了黛玉一眼。黛玉自悔失言，原是趣寶玉的，就忘了趣著彩雲，自悔不及。

《紅樓夢》裏的擦頭髮用的桂花油，宋代到明代都有記載，做法一致，用麻油或菜油，拌半開木樨花（桂花），一升花配一斤油，用油紙密封坐在鍋裏煮，取出來放在乾燥處，十日後過濾出油，就可以使用。如果密封得好，就可以長期保存，越久越香。

　　可是，這一回，桂花的出現，黛玉在調侃寶玉之時，無意中卻又公開把彩雲得罪了。

　　晴雯被逐，寶玉隱隱感覺到是有人告密，卻百思不得其人。學者們猜襲人猜王善保家的，既是王夫人身邊的人又和晴雯交惡的彩雲卻不理論。

　　指出「太太那邊的露再無別人，分明是彩雲偷了給環哥兒去了」的晴雯遭了惡報，若是後四十回字字是曹

雪芹所寫，只怕指出「打盜竊的官司」的林黛玉也得為
她的心直口快付出代價。

桂花再往下來，除了再次強調分配不公和嫡庶之
爭，那下世的光景也漸漸露出來了。

第七十五回〈開夜宴異兆發悲音　賞中秋新詞得佳讖〉：

> 賈母便命折一枝桂花來，命一媳婦在屏後擊
> 鼓傳花。若花到誰手中，飲酒一杯，罰說笑話一
> 個。……這次在賈赦手內住了，只得吃了酒，說
> 笑話。因說道：「一家子一個兒子最孝順。偏生母
> 親病了，各處求醫不得，便請了一個針灸的婆子
> 來。婆子原不知道脈理，只說是心火，如今用針
> 灸之法，針灸針灸就好了。這兒子慌了，便問：
> 『心見鐵即死，如何針得？』婆子道：『不用針心，
> 只針肋條就是了。』兒子道，『肋條離心甚遠，怎
> 麼就好？』婆子道：『不妨事。你不知天下父母心
> 偏的多呢。』」眾人聽說，都笑起來。

> 賈母也只得吃半杯酒，半日笑道：「我也得這個婆子
> 針一針就好了。」賈赦聽說，便知自己出言冒撞，賈母

疑心，忙起身笑與賈母把盞，以別言解釋。賈赦說了這個笑話之後，繼續擊鼓傳桂花，不料這次花卻在賈環手裏，於是賈環做了詩，賈赦卻拍著賈環的頭，笑道：「以後就這麼做去，方是咱們的口氣，將來這世襲的前程定跑不了你襲呢。」賈政聽說，忙勸說：「不過他胡謅如此，那裏就論到後事了。」

這兩件事非常特別，又極為重要。首先是「偏心」笑話，論起來賈赦是長子，賈政是次子，但偏偏賈赦住偏房，賈政住正房，管家大權的執掌者原來是王夫人，後來雖是賈赦和邢夫人的兒媳王熙鳳，但邢夫人是填房，是王熙鳳的繼婆婆，那麼，王熙鳳是跟繼婆婆親近呢，還是跟親姑姑王夫人親近呢？身為長子的賈赦住偏房沒實權，情動於中，而形於言，因此他那個「偏心」的笑話，就算是無心的，也是積怨已久的潛意識使然。其次是襲爵之說。威烈將軍是賈赦襲的，賈政本來沒份，原欲以科舉出身，不料代善臨終時遺本一上，皇上因恤先臣，遂額外賜了賈政一個主事之銜，升了工部員外郎。所以到了寶玉那一輩，根本沒有襲爵的可能。退一萬步說，即使有襲爵的可能，那也得是作為嫡子的寶玉，無論如何輪不到作為庶子的賈環啊。賈環本來就對寶玉虎視眈眈，

賈赦這一句砝碼，更挑得兄弟不合了。都說「家和萬事興」，那麼，如果家不合呢？

緊接著，第七十六回〈凸碧堂品笛感淒清　凹晶館聯詩悲寂寞〉，賈母帶大家聽曲兒：

> 只聽桂花陰裏，嗚嗚咽咽，嫋嫋悠悠，又發出一縷笛音來，果真比先越發淒涼。大家都寂然而坐。夜靜月明，且笛聲悲怨，賈母年老帶酒之人，聽此聲音，不免有觸於心，禁不住墮下淚來。眾人彼此都不禁有淒涼寂寞之意。

上幾次聚會人都是齊齊整整，這一次已經是崴腳的崴腳，早退的早退，七零八落的，又兼「桂花陰裏」吹出哀音。〈毛詩序〉中說過：「治世之音安以樂，其政和。亂世之音怨以怒，其政乖。亡國之音哀以思，其民困。」這桂陰哀音絕對是不祥之兆，是賈府「外邊雖未盡倒，內囊子卻也盡上來了」的形象再現和再強化。陽消陰長，桂（貴）氣已盡，這時候已經預示了賈府即將敗落飄零。

前面已有先例，開卷第一回是甄士隱家的「小榮

枯」，先是本地望族，嫡妻封氏，情性賢淑，深明禮義。每日只以觀花修竹、酌酒吟詩為樂。只有一女，乳名喚作英蓮，愛女如命。之後接連遇上愛女丟失，家產被燒成瓦礫場，丈人又哄騙欺詐，令甄士隱貧病交攻，竟漸漸的露出那下世的光景來。而甄家的「小榮枯」預示著賈家的「大榮枯」。

文脈到了第八十回再次呼應，夏金桂先從名字上把「香菱」改成了「秋菱」；又設計擺佈香菱，「半月光景，忽又裝起病來，只說心痛難忍，四肢不能轉動。請醫療治不效，眾人都說是香菱氣的。鬧了兩日，忽又從金桂的枕頭內抖出紙人來，上面寫著金桂的年庚八字，有五根針釘在心窩並四肢骨節等處。」夏金桂又含沙射影句句暗示著是香菱，「薛蟠更被這一席話激怒，順手抓起一根門閂來，一徑搶步找著香菱，不容分說便劈頭劈面打起來，一口咬定是香菱所施。」香菱「今復加以氣怒傷感，內外折挫不堪，竟釀成乾血之症，日漸羸瘦作燒，飲食懶進，請醫診視服藥亦不效驗。」應該是黃泉路近了。

甄家是賈家的預演，而香菱則應是黛玉的預演，香菱的行將就死意味著黛玉也將命不久矣。

不是桂花不好，只是和這種花卉相伴的爭吵、衰敗和死亡，讓曹雪芹「意難平」吧！

痴迷鳳姐而死的賈瑞是「痴情書生」嗎？

《紅樓夢》有很多版本，其中舒本第九回結尾的賈瑞和大家想像中的大相徑庭：

> 此時賈瑞也恐鬧大了，自己也不乾淨，只得委曲著來央告秦鍾，又央告寶玉。
>
> 先是他二人不肯，後來寶玉說：「不回去也罷了，只叫金榮賠不是便罷。」
>
> 金榮先是不肯，後來禁不得賈瑞也來逼他去賠個不是，李貴等只得好勸金榮說：「原來是你起的端，你不這樣，怎得了局？」金榮強不得，只

得與秦鍾作了揖。寶玉還不依，偏定要磕頭。

　　賈瑞只要暫息此事，又悄悄的勸金榮說：「俗語說的，<u>光棍不吃眼前虧</u>。咱們如今少不得委曲著陪個不是，然後再尋主意報仇。不然，弄出事來，道是你起端，也不得乾淨。」

　　金榮聽了有理，方忍氣含愧的來與秦鍾磕了一個頭方罷了。

　　<u>賈瑞遂立意要去調撥薛蟠來報仇，與金榮計議已定，一時散學，各自回家。不知他怎麼去調撥薛蟠？</u>且聽下回分解。（下劃線為筆者所加）

　　第一，與其他六個版本相比，舒本第九回結尾的確是差異性最大的。第二，舒本的描寫最能照應後文。後來的第三十三回寶玉挨打，襲人不留心在寶釵面前說此事可能與薛蟠無意透露琪官之事有關，寶釵心想：

　　　難道我就不知我的哥哥素日恣心縱欲，毫無防範的那種心性，當日為一個秦鍾，還鬧的天翻地覆，自然如今比先又更利害了。

　　寶釵的這處心理描寫，舒本、己卯本、庚辰本、蒙本、戚本、夢本以及程甲本完全相同，彼本、程甲本、程乙本則基本上相同。但翻遍全書，我們也找不到「當日為了一個秦鍾，還鬧得天翻地覆」的故事情節。劉世德先生認為，曹雪芹不可能讓薛寶釵說出無的放矢不著邊際的謊言，那麼，就只剩下了一種可能性：在曹雪芹的創作過程中，在初稿中曾經有過如此這般的情節，但後來在修改或再修改中被他刪棄。而且，第九回蒙本脂批稱：「伏下文阿呆爭風一回。」如此一來，劇情走向很有可能是賈瑞立意要去挑撥薛蟠來報仇，薛蟠與秦鍾大鬧一場，鬧得天翻地覆。而現在其他六個版本，都沒有賈瑞挑撥薛蟠報仇的伏筆，說明舒本很可能或多或少包含了曹雪芹初稿的若干成分。

　　我認為，劉世德先生指出舒本的這處重要異文意義重大，它不僅有助於說明《紅樓夢》的成書過程，還有助於塑造賈瑞和秦可卿形象。在現存各個版本的情節中，賈瑞都是一個無能且可悲的形象。大鬧學堂時，粗口頻出的金榮，天不怕地不怕的茗烟，甚至是年紀幼小卻置身事外隱忍坐山觀虎鬥的賈蘭，都給讀者留下了比較深刻的印象。賈瑞沒有能力管轄鬧事的學生，存在

感很低，讀者幾乎意識不到這個透明人。後來，他追求鳳姐，接二連三受鳳姐欺騙，執意飛蛾撲火，不但被賈蓉、賈薔勒索寫下巨額借據，還被澆了一頭屎尿。讀者雖然對他的無能感到可笑，但對他的痴情又抱有一絲憐憫。他被人如此捉弄，回家後又被祖父勒令不許吃飯，跪在風口裏背書；生病後拿到風月寶鑒，看到骷髏的警示還念念不忘鳳姐，這都讓人感到可悲、可笑，但也不乏同情，甚至讓人發出罪不致死的感嘆。

讀者之所以對賈瑞抱有一些同情，是因為他身上還殘留了一些《西廂記》、《牡丹亭》中的「痴情書生」形象。《西廂記》中張生對崔鶯鶯的反覆賴簡不以為意，《牡丹亭》裏柳夢梅哪怕知道杜麗娘是鬼也不改初衷。他們所追求的對象，一個是相國之女，一個是太守之女，都遠高於自己的階層。就賈瑞而言，鳳姐已婚，且是嫂子，他的追求確實應該受到道德的譴責；不過，他在感情上的難以自已，由於有了傳統「痴情書生」形象的殘留，就顯得不那麼令人厭惡。但如果他是一個暗中挑撥的小人呢？如果以舒本為據，賈瑞的形象將會豐富而複雜得多。他指點金榮「光棍不吃眼前虧」，又立意挑撥薛蟠和秦鍾大鬧，所有這些行為都是暗中行事，再加上

他亂倫地追求自己的嫂子，這就照應了第九回賈瑞的出場亮相——「原來這賈瑞最是個圖便宜沒行止的人，每在學中以公報私，勒索子弟們請他，後又附助著薛蟠圖些銀錢酒肉，一任薛蟠橫行霸道，他不但不去管約，反助紂為虐討好兒。」同時也符合寶釵的議論「讀了書倒更壞了。這是書誤了他，可惜他也把書糟踏了」。

此外，舒本獨特的第九回結尾，對秦可卿形象也是一種合理化。秦可卿第七回出現時，健康無病，第八回提到她一句，第九回沒有露面，第十回，我們從尤氏口中瞭解她已病倒。劉世德先生認為，如果從因果關係的角度看待並連接薛蟠大鬧學堂與秦可卿得病這兩個情節，秦可卿突然病倒就合理化了。

第九回鬧學堂，秦鍾僅擦傷頭上一層油皮，金榮還親自磕頭道歉，在學堂眾人面前秦鍾完全掙回了面子。金榮回家後雖欲立意大鬧，但經過母親斥責，最終偃旗息鼓。金榮的姑姑璜大奶奶本想為金榮出頭，去找尤氏和秦可卿興師問罪，一聽秦可卿病了，尤氏又如此心疼媳婦秦氏，璜大奶奶「那一團要向秦氏理論的盛氣，早嚇的都丟在爪窪國去了」，連提都不敢提。故此，劉世德先生認為，尤氏稱秦可卿之病緣於別人與秦鍾在學堂

中的吵鬧，這個「別人」不是金榮，更可能是舒本第九
回伏下、第十回表現的「薛蟠與秦鍾鬧得天翻地覆」。
薛蟠與秦鍾是否打鬥還在其次，薛蟠的身份地位及其毫
無顧忌的個性言行，才會對秦鍾的社會形象真正構成威
脅，從而令秦可卿擔憂不已、思慮成病。

　　劉世德先生在《紅樓夢舒本研究》中，還從四個方
面論證了二尤的故事在初稿中，原本應該被安排在現今
的第十四回之後和現今的第十六回之前。但是，二尤的
故事被往後挪移了五十回左右的篇幅。之所以有這種改
動，是因為二尤都是「風月寶鑒」的內容，之所以挪
後，是因為避免沖淡寶黛釵的主綫：

　　　　從藝術表現上說，在初稿寫出後，曹雪芹
　　同樣需要芟除枝葉，以突出主幹。賈寶玉、林
　　黛玉和薛寶釵的戀愛、婚姻故事是全書的精
　　華，也是全書的中心綫索，他必須採取一切藝
　　術手段，使這條綫索起貫串全書的作用，尤其
　　不能使它停滯、中斷，甚至退避一側，造成喧
　　賓奪主的局面。

但是，我想，除此之外，是否還有另一種意義呢？浦安迪認為，由於《紅樓夢》是中國文化中的一部百科全書，因此不能只就這本書談論它的「原型」，而必須從整個中國文化的「原型」來反觀。浦安迪認為「陰陽」、「五行」宇宙觀是中國文化中根本的宇宙學說和「原型格式」（Archetypal Pattern），並用自鑄的兩個術語來概括它的基本內容：一個與「陰陽」說相應，叫做「二元補襯」（Complementary Bipolarity），代表兩個對立因素互相濟補、互相交疊、彼此替代、反覆無窮的關係；另一個與「五行」說相應，叫做「多項周旋」（Multiple Periodicity），代表多種相關因素相生相勝、循環不已的關係。

這種挪後二尤的安排，使得前面有數十回比較密集地表現少男少女和好、爭吵、葬花、共讀、作詩、起誓的純情，而後是幾回比較密集的二尤與賈珍賈璉情遺九龍佩、一痕雪脯兩彎金蓮的情慾場面，如同「二元補襯」一樣，大開大闔，兔起鶻落，寫盡兩極變化，更重要的是情淫的比重顯然是「輕慾重情」。

前八十回中，秦氏和賈珍亂倫，王熙鳳和賈蓉曖昧，賈天祥正照風月鑒，賈璉和多姑娘鬼混，以及二

尤故事，這些絕大部分發生在寧府的與肉慾有關的情節，都隱約暗示了在《紅樓夢》成書之前有一個《風月寶鑒》的底本，《風月寶鑒》出現在《金瓶梅》、才子佳人小說的創作發展過程中是自然的，但曹雪芹決定改寫和超越，於是大量刪削《風月寶鑒》的內容或以側筆出之，同時創造了一個「意淫」的超越純粹肉慾的情的樂園。

畸笏叟等人因秦可卿曾為賈府大家族的未來做過長遠考慮，命曹雪芹將其涉及「淫喪天香樓」的情節刪去。那麼，曹雪芹刪除薛蟠與秦鍾大鬧的情節，挪後二尤的故事，是否也同樣出於對《紅樓夢》「刪俗存雅」、「輕欲重情」整體效果的考慮呢？十六世紀的作品如《金瓶梅》，集中於慾，也就是「皮膚濫淫」；十七世紀的作品如《金雲翹傳》、《好逑傳》、《定情人》，集中於情，或者說「意淫」，曹雪芹對這兩者都不甚深以為然，這在他「更有一種風月筆墨，其淫穢污臭，塗毒筆墨，壞人子弟，又不可勝數。至若佳人才子等書，則又千部共出一套，且其中終不能不涉於淫濫」的前言和他描寫賈母對說書辯謊的態度都可以看出。因此，在「勸百懲一」的色情白話小說以及千篇一律的才子佳人小說潮流中，

曹雪芹衝破了籬範，《紅樓夢》雖不是橫空出世，但確實堪稱獨步。

我們應該怎樣做兄弟？
—— 寶玉與賈環關係啟思

　　今本後四十回缺了賈環與寶玉的對決，這恐怕是個疏漏之處。

　　詩經〈棠棣〉是讚頌兄弟感情的：

　　「棠棣之華，鄂不韡韡，凡今之人，莫如兄弟。

　　死喪之威，兄弟孔懷，原隰裒矣，兄弟求矣。

　　……兄弟既翕，和樂且湛。」

　　（高大的棠棣樹鮮花盛開時節，花萼花蒂是那樣的燦爛鮮明。普天下的人與人之間的感情，都不如兄弟間那樣相愛相親。生死存亡重大時刻來臨之際，兄弟之間

總是互相深深牽掛。無論是誰流落異鄉拋屍原野，另一個歷盡苦辛也要找到他⋯⋯兄弟們親親熱熱聚在一起，是那樣和諧歡樂永久永久。）

但是要放在賈環與寶玉身上，恐怕完全不適用。

小說敘事筆法中有一條叫做草蛇灰線，千里伏脈。也就是一直會有隱隱約約的暗示，到最後來一個大的爆發，這時你才發現這一切皆有伏筆。以此而論，前八十回中埋伏了幾處非常明顯的伏筆，但是後四十回卻缺乏了一個爆發作為照應跟收束。

第一、賈環發狠要燙瞎寶玉的眼睛。《紅樓夢》第二十五回〈魘魔法姊弟逢五鬼　紅樓夢通靈遇雙真〉，寶玉在外吃了酒回到家，王夫人讓他躺下休息一會。

寶玉聽說下來，在王夫人身後倒下，又叫彩霞來替他拍著。寶玉便和彩霞說笑，只見彩霞淡淡的，不大答理，兩眼睛只向賈環處看。寶玉便拉他的手笑道：「好姐姐，你也理我理兒呢。」一面說，一面拉他的手，彩霞奪手不肯，便說：「再鬧，我就嚷了。」

二人正鬧著，原來賈環聽的見，素日原恨寶玉，如今又見他和彩霞鬧，心中越發按不下這口毒氣。雖不敢明言，卻每每暗中算計，只是不得下手，今見相離甚

近，便要用熱油燙瞎他的眼睛。因而故意裝作失手，把那一盞油汪汪的蠟燈向寶玉臉上只一推。

第二、賈環向賈政告密說寶玉強姦金釧不遂，導致金釧跳井，以至於賈政發狠要把寶玉打死。《紅樓夢》第三十三回〈手足耽耽小動唇舌　不肖種種大承笞撻〉：賈環見他父親盛怒，便乘機說道：「方才原不曾跑，只因從那井邊一過，那井裏淹死了一個丫頭，我看見人頭這樣大，身子這樣粗，泡的實在可怕，所以才趕著跑了過來。」賈政聽了驚疑，問道：「好端端的，誰去跳井？我家從無這樣事情，自祖宗以來，皆是寬柔以待下人。——大約我近年於家務疏懶，自然執事人操克奪之權，致使生出這暴殄輕生的禍患。若外人知道，祖宗顏面何在！」喝令快叫賈璉，賴大，來興。小廝們答應了一聲，方欲叫去，賈環忙上前拉住賈政的袍襟，貼膝跪下道：「父親不用生氣。此事除太太房裏的人，別人一點也不知道。我聽見我母親說……」說到這裏，便回頭四顧一看。賈政會意，將眼一看眾小廝，小廝們明白，都往兩邊後面退去。賈環便悄悄說道：「我母親告訴我說，寶玉哥哥前日在太太屋裏，拉著太太的丫頭金釧兒強姦不遂，打了一頓。那金釧兒便賭氣投井死了。」話未說

完,把個賈政氣得面如金紙,大喝「快拿寶玉來!」一面說一面便往裏邊書房裏去,喝令「今日再有人勸我,我把這冠帶家私一應交與他與寶玉過去!我免不得做個罪人,把這幾根煩惱鬢毛剃去,尋個乾淨去處自了,也免得上辱先人下生逆子之罪。」眾門客僕從見賈政這個形景,便知又是為寶玉了,一個個都是啖指咬舌,連忙退出。那賈政喘吁吁直挺挺坐在椅子上,滿面淚痕,一疊聲「拿寶玉!拿大棍!拿索子捆上!把各門都關上!有人傳信在裏頭去,立刻打死!」

第三、賈環懷疑彩雲跟寶玉有私情。《紅樓夢》第六十一回〈投鼠忌器寶玉瞞贓　判冤決獄平兒行權〉之後,趙姨娘正因彩雲私贈了許多東西,被玉釧兒吵出,生恐查考出來,每日捏一把汗打聽信兒。忽見彩雲來告訴說:「都是寶玉應了,從此無事。」趙姨娘方把心放下來。誰知賈環聽如此說,便起了疑心,將彩雲凡私贈之物都拿了出來,照著彩雲的臉摔了去,說:「這兩面三刀的東西!我不稀罕。你不和寶玉好,他如何肯替你應。你既有擔當給了我,原該不與一個人知道。如今你既然告訴他,如今我再要這個,也沒趣兒。」彩雲見如此,急得以身賭誓,至於哭了。百般解說,賈環執意不信,

說：「不看你素日之情，去告訴二嫂子，就說你偷來給我，我不敢要。你細想去。」說畢，摔手出去了。急得趙姨娘罵：「沒造化的種子，蛆心業障。」氣得彩雲哭個淚乾腸斷。……彩雲賭氣一頓包起來，乘人不見時，來至園中，都撒在河內，順水沉的沉漂的漂了。自己氣得夜間在被內暗哭。

第四、賈赦說將來世襲的前程跑不了是賈環所襲。《紅樓夢》第七十五回〈開夜宴異兆發悲音　賞中秋新詞得佳讖〉，擊鼓傳花作詩之時，不料這次花卻在賈環手裏。賈環近日讀書稍進，其脾味中不好務正也與寶玉一樣，故每常也好看些詩詞，專好奇詭仙鬼一格。今見寶玉作詩受獎，他便技癢，只當著賈政不敢造次。如今可巧花在手中，便也索紙筆來立成一絕與賈政。賈政看了，亦覺罕異……賈赦乃要詩瞧了一遍，連聲讚好，道：「這詩據我看甚是有骨氣。想來咱們這樣人家，原不比那起寒酸，定要『雪窗熒火』，一日蟾宮折桂，方得揚眉吐氣。咱們的子弟都原該讀些書，不過比別人略明白些，可以做得官時就跑不了一個官的。何必多費了工夫，反弄出書呆子氣象來。所以我愛他這詩，竟不失咱們侯門的氣概。」因回頭吩咐人去取了自己的許多玩物

來賞賜與他。因又拍著賈環的頭，笑道：「以後你就這麼做去，方是咱們的口氣，將來這世襲的前程定跑不了你襲呢。」

這些事件，一環套一環，一浪更比一浪高。

彩雲和彩霞是什麼人？一是金釧曾對寶玉說，「你去東院拿環哥和彩雲去」。一是來旺之子請求王熙鳳娶彩霞為妻，趙姨娘求賈政說情，又要賈環去討要彩霞。這說明彩雲和彩霞都是與賈環有私情的兩個丫鬟。寶玉又是當著賈環和彩霞玩笑，觸怒了賈環，所以故意把油燈推到他臉上，立心想要把他破相或者是燙瞎變成殘疾；又向賈政告密，希望借刀殺人，能把寶玉打死。更不用說寶玉自己認了彩雲的偷盜，會給賈環心裏埋下什麼的刺。彩雲和彩霞不過是兩個和賈環有私情的丫鬟，不是妻、不是妾、不是屋裏人，甚至連通房大丫鬟都不是，但是寶玉僅僅和她們說說笑笑，或者是出於好意瞞了贓物，賈環就要立心害死寶玉，可見賈環是一個睚眥必報之人。

除了和丫鬟之間的糾葛，更重要的是賈赦的一番話更反映出了賈環恨寶玉的實質，也就是嫡子和庶子不可調和的矛盾。嫡子能夠繼承爵位、繼承家產。相比之

下，庶子不僅不能繼承爵位，恐怕家產也沒份或少得可憐。我們且看《紅樓夢》第一百零七回〈散餘資賈母明大義　復世職政老沐天恩〉，賈母臨終分家產：

> 卻說賈母叫邢王二夫人同了鴛鴦等，開箱倒籠，將做媳婦到如今積攢的東西都拿出來，又叫賈赦、賈政、賈珍等，一一的分派說：「這裏現有的銀子，交賈赦三千兩，你拿二千兩去做你的盤費使用，留一千給大太太另用。這三千給珍兒，你只許拿一千去，留下二千交你媳婦過日子。仍舊各自度日，房子是在一處，飯食各自吃罷。四丫頭將來的親事還是我的事。
>
> 只可憐鳳丫頭操心了一輩子，如今弄得精光，也給他三千兩，叫他自己收著，不許叫璉兒用。如今他還病得神昏氣喪，叫平兒來拿去。這是你祖父留下來的衣服，還有我少年穿的衣服首飾，如今我用不著。男的呢，叫大老爺、珍兒、璉兒、蓉兒拿去分了，女的呢，叫大太太、珍兒媳婦、鳳丫頭拿了分去。這五百兩銀子交給璉兒，明年將林丫頭的棺材送回南去。」

分派定了，又叫賈政道：「你說現在還該著人的使用，這是少不得的。你叫拿這金子變賣償還。這是他們鬧掉了我的，你也是我的兒子，我並不偏向。寶玉已經成了家，我剩下這些金銀等物，大約還值幾千兩銀子，這是都給寶玉的了。珠兒媳婦向來孝順我，蘭兒也好，我也分給他們些。這便是我的事情完了。」

這裏面，男性中有上一輩的賈赦、賈政，有下一輩的賈珍、賈璉、賈寶玉，下下一輩的賈蓉、賈蘭；女性中有上一輩的邢夫人、王夫人，有下一輩的尤氏（珍兒媳婦）、李紈（珠兒媳婦）、王熙鳳、林黛玉、惜春。但是有賈環嗎？沒有！這裏面，能分到家產的，不管是兒子、孫子、兒媳、孫媳、孫女、外孫女，都是「嫡出」的！庶子的地位，可見一斑了。

要想嫡庶相安，不外乎這幾種情況：一，嫡子在智謀和武力上，都遠超庶子，自然可以制下。二、庶子雖然在智謀和武力上超過嫡子，但不願相爭，自向外闖出一片天地。三，嫡子庶子相差不多，但出於禮法，實力，情份等種種考慮，願意維持兄友弟恭的現象。顯

然，賈環和寶玉的情形都不符合。

而且，賈環絕對不是一個善罷甘休的人，看看他對巧姐就知道了。賈環與巧姐的幾次交集，巧姐還只是一個襁褓中的小孩子，根本不可能與賈環還有什麼利害關係。甚至有一次賈環似乎對巧姐還並無惡意，只是幫忙去看她的藥，結果藥灑了反而招致了鳳姐一頓責罵。但是就在這種情況下，多年之後，賈環居然密謀要把巧姐賣掉：

> 賈環本是一個錢沒有的，雖是趙姨娘積蓄些微，早被他弄光了，那能照應人家。便想起鳳姐待他刻薄，要趁賈璉不在家要擺佈巧姐出氣，遂把這個當叫賈芸來上，故意的埋怨賈芸道：「你們年紀又大，放著弄銀錢的事又不敢辦，倒和我沒有錢的人相商。」賈芸道：「三叔，你這話說的倒好笑，咱們一塊兒頑，一塊兒鬧，那裏有銀錢的事。」賈環道：「不是前兒有人說是外藩要買個偏房，你們何不和王大舅商量把巧姐說給他呢？」賈芸道：「叔叔，我說句招你生氣的話，外藩花了錢買人，還想能和咱們走動麼。」賈環在

賈芸耳邊說了些話，賈芸雖然點頭，只道賈環是小孩子的話，也不當事。恰好王仁走來說道：「你們兩個人商量些什麼，瞞著我麼？」賈芸便將賈環的話附耳低言的說了。王仁拍手道：「這倒是一種好事，又有銀子。只怕你們不能，若是你們敢辦，我是親舅舅，做得主的。只要環老三在大太太跟前那麼一說，我找邢大舅再一說，太太們問起來你們齊打夥說好就是了。」

可見賈環賣巧姐的肇因看來不是因為巧姐，而是因為巧姐的母親鳳姐。然而，鳳姐做的最過分的也只不過就是責罵了賈環，而且很多情況下還是歸因於趙姨娘不好好教育賈環，鳳姐還是把賈環當成一個少爺來對待的。

比如第二十回，賈環和鶯兒玩，輸了錢，垂頭喪氣地回到家裏。趙姨娘見他這般，便罵他是下流沒臉的東西！鳳姐聽在耳內。便隔窗說道：「……環兄弟小孩子家，一半點兒錯了，你只教導他，說這些沒味兒的話作什麼！」然後叫賈環：「環兄弟，出來，跟我頑去。」接著鳳姐向賈環道：「你也是個沒氣性的！時常說給你：要

吃，要喝，要頑，要笑，只愛同那一個姐姐妹妹哥哥嫂子頑，就同那個頑……輸了幾個錢？就這麼個樣兒？」鳳姐這是教育賈環別自降身份和丫頭玩，要玩和姐妹哥嫂玩。然後又告誡賈環要有當少爺的樣子，要大氣，別小肚雞腸。教育完賈環，鳳姐回頭叫豐兒去取一吊錢來給賈環，然後把賈環送到姑娘們那裏玩。

　　第二十五回，賈環故意燙傷寶玉，王夫人氣得大罵賈環，還是鳳姐替賈環解圍。鳳姐三步兩步的上炕去替寶玉收拾著，一面笑道：「老三還是這麼慌腳雞似的，我說你上不得高台盤。趙姨娘時常也該教導教導他。」鳳姐一句話，王夫人不罵賈環，罵起了趙姨娘。

　　第三十六回，王夫人和鳳姐討論襲人的月錢時，寶玉等人不能使用一等大丫頭，只能使二等丫頭。襲人雖然是一兩銀子的大丫頭，但是襲人屬於賈母的人，王夫人要把襲人從賈母的編制裏調出來給寶玉，鳳姐說：「若不裁他（襲人）的，須得環兒弟屋裏也添上一個才公道均勻了。」

　　可是僅僅因為鳳姐的幾次責罵，還沒有任何利益衝突，就讓賈環種下了禍心，甚至要把巧姐賣掉，那如果是和賈環有直接的利益衝突的寶玉呢？在前八十回，賈

環不是要把他燙瞎，就是要把他弄死，怎麼會到了後四十回就完全偃旗息鼓了呢？

在後四十回中，首先，寶玉和賈環都長大了，甚至寶玉還成了婚，繼承家產問題也迫在眉睫了。其次，能夠轄制賈環的王熙鳳被休了，或者是被邊緣化了，她在賈府中已經不受重視，更不可能對賈環形成威懾。再次，寶釵也不可能治得了賈環，寶釵在自己家裏連夏金桂都對付不了，又怎麼可能對付得了賈環呢？最後，寶玉自己既沒有眼力，也沒有手段。對於小時候差點被燙瞎或者差點兒被打死，他甚至都沒有懷疑過賈環在其中的作用。賈家規矩，凡作兄弟的，都怕哥哥。寶玉卻不要人怕他。他想著：「兄弟們一併都有父母教訓，何必我多事，反生疏了。況且我是正出，他是庶出，饒這樣還有人背後談論，還禁得轄治他了。」寶玉小時候都這樣，長大了呢？寶釵是儒家的，她會信奉君君臣臣，父父子子，兄友弟恭，以德報怨。寶玉是佛家的，會信奉「世間謗我、欺我、辱我、笑我、輕我、賤我、惡我、騙我，如何處治乎？ ……只是忍他、讓他、由他、避他、耐他、敬他、不要理他，再待幾年你且看他。」然而，寶玉寶釵這樣一對夫婦，以這樣的應對，會處理好

和賈環的關係嗎？

我們不要忘了，《紅樓夢》開頭甄士隱的一場小榮枯是賈府的預演，甄士隱帶著自己僅剩的財產投奔岳父，最終被連哄帶騙，些須與他些薄田朽屋，甄士隱落得漸漸露出那下世的光景來，這是對末世那惡的親屬關係的痛切揭露。作為呼應，寶玉從貴公子淪落到最終「寒冬噎酸齏，雪夜圍破氈」會不會也跟賈環有什麼聯繫？

我們都期待經營一份很好的人際關係，尤其是更親近的親屬關係。兄友弟恭，手足相親，是大家共同的嚮往，但是，假如說遇到賈環這樣的惡兄弟呢？僅僅靠以德報怨的感化恐怕不能奏效。那麼，我們究竟應該怎麼做兄弟？恐怕是留給閱讀過《紅樓夢》的睿智讀者一個見仁見智群策群力的開放性問題。

「賈寶玉」英譯成「綠男孩」？你不知道的匠心！

　　牛津大學博士、終身教授霍克思翻譯的 *The Story of the Stone*（《石頭記》），是迄今在英語世界影響最大的一部優秀的《紅樓夢》全譯本。

　　但是，他居然把賈寶玉這個「怡紅公子」翻譯成「綠男孩」（Green Boy），這一下引起了軒然大波。有人譏笑他曲解中國文化，對《紅樓夢》恐怕也只是半吊子水平。然而，霍克思的翻譯是和紅學有聯繫的，是慎重的而非輕率之舉。

　　關於曹雪芹的生年，霍克思更認同史景遷的康熙五十四年已未（一七一五）說，而非周汝昌的雍正二年（一

七二四）說：

　　他的生年很可能是一七一五年。

　　（It seem highly probable that he was born in
　　1715.）

　　如果曹雪芹生於一七一五年，那麼抄家時他大約十三歲，從而趕上了一段繁華歲月。霍克思贊同這一推斷，因此在序言中直接引用：「就人物描寫的真實性來說，對寶玉感情成熟過程的鬥爭，刻劃得如此詳細並富有共鳴，很難令人相信，寶玉的內心世界不是作者自己經歷的記錄。事實上，直到最近，人們常常認為，寶玉當然是作者的自我寫照。但是，這種看法自然會引起另一個問題：曹雪芹是誰？

　　直到現在，最可能的假定是（或者在我看來是如此），曹雪芹是曹寅的獨生子曹顒（繼承了曹寅織造職位，三年以後就死去的那個年輕人）的遺腹子。從檔案中知道，曹顒逝世時，他妻子懷孕七個月。假定這是一個男孩並且活了下來的話，當一七二八年大難臨頭時，他正好十三歲，這個年紀的寶玉，在小說中佔了很大的

篇幅。」

　　進而，這一推斷還內化為霍克思自己的認識從而影響了《紅樓夢》的翻譯，他譯文中為人所詬病的「化紅為綠」也因他對雪芹（寶玉）年齡的觀照而有一定合理性。

　　他把「怡紅院」譯為 The Green Delight，「怡紅公子」譯為 Green Boy，原因是英文中的「綠」含有「青春」和「繁榮」之意，在內在意義上和小說中「紅」的象徵意義「有時代表春天，有時代表青春，有時代表好運或繁榮」一致。因此，霍克思把中國的紅，譯成英國的綠。

　　霍克思之所以「化綠為紅」，除了用「歸化」的翻譯方法，追求「等效」的翻譯效果外，更值得注意的是，他此處用「綠」來譯「怡紅院」和「怡紅公子」，是因為怡紅的「紅」有「青春」寓意在內。

　　在「紅」沒有「青春」寓意之時，他還是以紅譯紅，並不變綠，比如「絳珠」——「Crimson Pearl（深紅色珍珠）」；「紅豆」——「Little red love-beans（小紅相思豆）」；「大紅汗巾子」——「Crimson Cummerbund（深紅色腰帶）」，「Blood-red sash（血紅色腰帶）」；紅麝香串——「Red musk-scented medicine-beads（紅麝香味藥珠）」「血點般大紅褲子」——「Blood-red trouser（血

紅色褲子）」

　　順便說一句，霍克思在《石頭記》的幾篇序言中，曾說明自己參考了多位紅學家的著作。一部分是在中國的，如俞平伯、周汝昌、吳世昌，此外都是美國學者（包括華裔），如趙岡（Gang Zhao）、史景遷（Jonathan D. Spence）、周策縱（Chow Tse-tsung）等，這些成果為霍克思的翻譯提供了許多有價值的參考資源。

　　霍克思有一口地道的京片子，他學漢語是請了一位河北老人天天給他唸《紅樓夢》學會的。霍克思花了整整十五年時間翻譯《紅樓夢》，其間為了專心翻譯，更辭去了享有極高榮譽的牛津大學終身教授一職。

　　霍克思文筆精妙，譯文堪與第一流的英文文學作品媲美，更可貴的是他對原著近乎虔誠的態度：他的翻譯一絲不苟，努力做到逐字逐句地翻，連雙關語、詩詞的不同格式都要表現出來。

　　霍克思《紅樓夢》譯著最深刻的批評者兼知音好友宋淇（林以亮）先生曾說，如果曹雪芹泉下有知，瞭解到霍克思這位「西洋奇人」為將《紅樓夢》譯成蟹型文字所作的工作，「一定會和三兩知己飲南酒吃燒鴨慶祝。」

如今霍克思老先生也已作古，希望他和曹雪芹先生地下相逢，把酒言歡！

《紅樓夢》裏中秋節的四大秘密

　　來，親愛的朋友，給你一塊月餅，今天咱們聊聊《紅樓夢》裏的中秋節，這短短的一個晚上的故事，很像一個月餅，外表看起來沒什麼，裏面卻有很多餡兒。

　　切開第一牙月餅，從這個中秋節我們可以推斷出《紅樓夢》的故事究竟發生在南京還是在北京。

　　這個中秋節裏出現了西瓜。七十五回裏寫道：「次日起來，就有人回，西瓜、月餅都全了，只待分派送人，賈珍吩咐佩鳳道：『你請你奶奶看著送罷，我還有別的事呢！』佩鳳答應去了，回了尤氏。尤氏只得一一分派遣人送去。」賈珍第二天到榮府見了賈母，賈母告訴他：「昨日送來的月餅很好，那個西瓜看著好，打開卻也罷

了。」月餅好是賈珍新請的一個廚子做的，西瓜不好是因為今年雨水太多造成的。

現在我們可能不以為意，畢竟西瓜太常見了。但是，在《紅樓夢》成書的清代，交通沒有這麼發達，種植技術也沒有這樣先進，因此中秋節吃的西瓜則應該在黃淮以北地區出產的。在黃淮地區，西瓜六月上、中旬播種育苗，中、下旬定植，八月中、下旬收穫。這茬西瓜上市的時間正值國慶、中秋節。六七月份是北方的雨季，因此賈政說今年雨水勤，西瓜不太甜。

由此也可以看出，《紅樓夢》的故事背景應該發生在北京一帶，才可以將西瓜作為中秋節令水果出現。

切開第二牙月餅，從這個中秋節我們可以看出，賈政最欣賞的是林黛玉。當年賈政帶著寶玉游大觀園，試他的才華，給各個處所取名字，也有存的，也有刪改的，也有尚未擬的。林黛玉在這個中秋節回憶道：「後來我們大家把這沒有名色的也都擬出來了……誰知舅舅倒喜歡起來，又說：『早知這樣，那日該就叫他姊妹一併擬了，豈不有趣。』所以凡我擬的，一字不改都用了。」

雖然鶯兒誇口賈政喜歡薛寶釵：「我們姑娘的學問，姨老爺都常誇呢。」但這些只是鶯兒自己說的，「孤證不

信」。反而從不誇獎林黛玉的賈政，把她擬的名號一字不改都用了。「聽其言觀其行」，賈政到底喜歡誰，一目了然。林黛玉是賈政妹妹的女兒，薛寶釵是王夫人妹妹的女兒，在婚姻決定於父母之命的年代，寶玉婚姻人選的釵黛之爭，其實也是賈政和王夫人之爭。

假如巡鹽御史林爸爸在世，賈家絕對不會選擇薛寶釵，薛家再多一倍富貴也沒用。即使林爸爸林媽媽都死了，林黛玉真的身無分文寄人籬下了，有正常思維的人家也不大可能選擇薛寶釵，要知道寶釵的哥哥薛蟠可是惹出過人命官司的。所以即使捨黛有合理性（她身體不好，恐不利於子嗣），取釵也絕不是個好決定。所以在重要事務的抉擇上，一定要慎重考慮，不要在憤怒、焦急和匆忙中隨便決定。

切開第三牙月餅，從這個中秋節我們可以預見史湘雲和林黛玉的未來結局。在這個晚上的聯詩中，湘雲說「寒塘渡鶴影」，黛玉對了「冷月葬詩魂」。當然，有的版本是「冷月葬花魂」。但我個人認為，花魂比較普通，還是詩魂更適合孤高的林黛玉，也符合林黛玉論詩的時候說過的個人見解 ——「若果有了奇句，連平仄虛實不對都使得」。「詩魂」更符合奇句的標準，意新句也新。

但是，不管是「花魂」還是「詩魂」，這都預示著林黛玉可能在一個冷月無聲的夜晚，孤零零地死去。而「寒塘渡鶴影」的湘雲，雖然現存小說版本沒有有力的依據，但是八七版電視劇的改編──讓她做了船上的歌妓，無疑是力透紙背。雖然很多紅迷覺得這是唐突了雲妹妹，然而讀讀歷史，明朝的尚書鐵鉉（河南鄧州人），明惠帝時著名忠臣，在靖難之變時不肯投降造反奪位的燕王朱棣，被施以凌遲、油炸而死之後，鐵鉉之妻楊氏及兩名女兒被沒入教坊司，成為官妓。

宋朝靖康之變，金兵俘虜徽、欽二帝，以及數千後宮妃嬪和大臣。金人在上京修建了一個叫「浣衣院」的地方，其實是一個金人尋歡作樂的官方妓院。除了十幾位帝姬（即公主）之外，宋高宗趙構的髮妻邢秉懿、趙構的生母韋氏都發配到浣衣院中為奴。《呻吟語》記載說：「妃嬪王妃帝姬宗室婦女均露上體，披羊裘。」可見這些往日身份尊貴的女性受到了何等慘烈的侮辱，甚至比起金國的官妓還不如。這樣看來，說雲妹妹做了歌妓飄零水上「寒塘渡鶴影」，是來自於現實的！這也說明了，女性在沒有獨立地位的時代，一旦父兄丈夫遭難，會淪落到何等悲慘的境地。

　　切開第四牙月餅，從這個中秋節我們可以重新認識和你想像中完全不同的寶釵和黛玉。這個中秋節，描寫了寶釵的另一個側面，這是借鑒了《史記》的「互見法」。蘇東坡的爸爸蘇洵讚許《史記》「互見法」──「本傳晦之，而他傳發之」，是一種巧妙的敘述手法。也就是某個人的某個性格側面，在直接描寫他的章節隱而不談，但在其他人的章節中揭示出來，有助於更加立體地認識這個人物。比如説〈項羽本紀〉裏面只談到了項羽好的一面，力能扛鼎、身先士卒等等，但在〈淮陰侯列傳〉韓信的敘述中，則提到了項羽不好的一面，也就是不能放手任用有才能的將領，手下立下戰功，該加封進爵時，他把刻好的大印放在手裏玩磨得失去了棱角，也捨不得給人。還有為了衣錦還鄉建都彭城，放棄關中，等於將辛辛苦苦打下來的天下拱手讓給劉邦。這樣通過「互見法」，我們一方面為英雄惋惜，一方面也認識到是他自己性格的弱點局限了他自己。

　　《紅樓夢》也是這樣，在絕大部分正面描寫寶釵的時候，都是讚美的口氣，展示她容貌性格、為人處事的優長之處。但會突然在某些側面，暴露出寶釵不為人知的另一面。比如在這個中秋節，史湘雲傷感道：

　　可恨寶姐姐，姊妹天天說親道熱，早已說今年中秋要大家一處賞月，必要起詩社，大家聯句，到今日便棄了咱們，自己賞月去了。

　　想想之前，寶姐姐對父母雙亡寄居在叔叔嬸嬸家的史湘雲如何親密關切，拿出自家的錢和螃蟹替她張羅螃蟹宴請大家作詩，還叮囑湘雲說這是咱們關係好，「你千萬別多心，想著我小看了你，咱們兩個就白好了。你若不多心，我就好叫他們辦去的」，讓湘雲對寶姐姐感激得不得了。後來再來賈府都不再和林黛玉住在一起，而是搬去和寶姐姐住在一起。但是後來抄檢大觀園寶釵為了避嫌，馬上就搬出去。可是和她一起住的湘雲怎麼個安排法？寶姐姐似乎根本就沒留意到。因此湘雲才在這個中秋節忍不住發出了這樣的感歎。

　　這個中秋節她最後住在哪裏？就是林黛玉的瀟湘館，她跟林黛玉吵過很多架，說過黛玉像戲子（在清代這是很侮辱人的說法），打趣林黛玉將來嫁個咬舌的林姐夫，還當面說林黛玉比不上薛寶釵……但是最後，還是這個被認為是「小性、刻薄」的林黛玉不聲不響、毫無芥蒂地收留了她。那麼，這一幕就更「一擊兩鳴」

了。「大度」的寶姐姐真的「大度」嗎？「小性」的林妹妹真的「小性」嗎？如果不是，這些輿論是誰造的呢？都說「無利不起早」，造這些輿論又是為了什麼呢？

「來說是非者，便是是非人」。假如一個人總是在你面前喋喋不休地說另一個人壞話，我們在相信之前，是否應該想一想，此人和他口中的「壞人」有沒有利益衝突？如果有的話，這話的可信度究竟有幾成呢？

這樣一琢磨，咱們吃著月餅品紅樓，是不是更有滋味了？

《紅樓夢》裏的四個元宵節

　　曹雪芹以節日來加強《紅樓夢》角色的個性，更以節日來鋪排《紅樓夢》整個故事的落墨。在第一回、第十八回、第五十三回和第九十六回，都對元宵節有所描述，而從全書大結構上講，元宵節是盛極轉衰的關目。

　　《紅樓夢》中寫的第一個元宵節，是第一回裏描寫甄士隱的遭遇。甄士隱老年得女，卻因下人疏忽，元宵節觀燈時意外失去女兒，導致夫婦二人雙雙病倒。禍不單行，隔壁葫蘆廟中炸供失火，將甄家燒成一片瓦礫場，只有他夫婦並幾個家人的性命不曾傷了，甄家從此一蹶不振。曹雪芹用這歡樂的、懷有希望的日子裏發生的悲劇，把後來要講述賈家興亡的故事及大觀園最後的結

局，都以隱喻的筆法在第一回裏交代清楚了。

第二個元宵節是在第十八回，元妃省親。這是書中最濃墨重彩描繪的元宵節，也是賈府鮮花著錦、烈火烹油之時。出場人物無不彩繡輝煌，觸目所見都是珠光寶氣：「至十五日五鼓，自賈母等有爵者，皆按品服大妝。園內各處，帳舞蟠龍，簾飛彩鳳，金銀煥彩，珠寶爭輝，鼎焚百合之香，瓶插長春之蕊。」

全書用整整一回的篇幅來詳述這個元宵節，從五鼓（凌晨三到五點）一直描述到丑正三刻（半夜兩點四十五分）。但是這個元宵節也最意味深長，賈府上下從凌晨三至五點便肅靜等待，可是貴妃直到晚上七至九點才起身往賈府。「未初刻用過晚膳，未正二刻還到寶靈宮拜佛，酉初刻進大明宮領宴看燈方請旨，只怕戌初才起身呢。」遲來，想必不是貴妃的意思，而是皇帝的意思，既然允許「元宵歸省」，皇帝應該也是深察人性人心，可是為何使人「衣錦夜行」？這似乎透露了元妃的尊榮不是帝王的寵愛，而是勢力的平衡。元妃並未生下一兒半女，進宮多年不聞有何懿德懿行，從女史驟然封妃，以至於聖旨初下時賈府不是欣喜不已而是恐懼不安。

更糟糕的是，為了迎接元妃歸省，本來「內囊也已

經盡上來了」的賈府，又大興土木興建大觀園，大肆採買小戲子、小尼姑、小道姑，在賈家或許是出於對皇家的尊重，但是在外人尤其是政敵看來，是張揚跋扈、浮誇炫耀，即使將來不以此作為攻訐的罪證，也將成為腹誹發酵的由頭之一。

而「賈赦領合族子侄在西街門外，賈母領合族女眷在大門外迎接。半日靜悄悄的」，可見男女有別，長幼有序，規矩謹嚴，此時世家大族的氣派猶隆。

這個元宵節令人充分見識了皇家的氣勢，不僅儀仗齊整，「一對對龍旌鳳翣，雉羽夔頭，又有銷金提爐焚著御香；然後一把曲柄七鳳黃金傘過來，便是冠袍帶履。又有執事太監捧著香珠、繡帕、漱盂、拂塵等類。一隊隊過完，後面方是八個太監抬著一頂金頂金黃繡鳳版輿，緩緩行來」，而且皇權大過一切，賈母、賈政和王夫人等俱要跪接自己的孫女或女兒。

此時，如果我們回顧一下元宵節的來歷，則更覺得賈府這個元宵節意味深長。

元宵節，是春節後的第一個祭月、賞月的滿月夜，象徵著春天來臨。它源於漢武帝時代，是祭祀天神「太一」的重要節日。但是，作為民間的節日習慣，卻是

從東漢佛教東傳中土並融合了道教慢慢發展而成的。

元宵節又叫上元節，上元夜是古時農民為了祈禱作物獲得豐收，夜間到田野中舉起火把驅趕蟲獸的重要日子。另外，佛教中，明帝時上元要在宮裏點燈供佛；道教的天官大帝的誕辰也是正月十五日，是一個重要的祭祀日子。因此，到魏晉以後，正月十五日作為民間重要的節日已經確定下來。早期元宵節主要有兩項重要活動：一是對火的膜拜；二是全家祈禱作物獲得豐收。後來隨著元宵節在民間的演變，掛燈籠代替了拜火，並以吃湯圓代表家人的團圓。唐宋以後，元宵節更成為少男少女的交際節日。

以此來觀看這第二個元宵節：第一，果然處處是「火」——「只見院內各色花燈爛灼，皆系紗綾紮成，精緻非常」，「但見庭燎燒空，香屑布地，火樹琪花，金窗玉檻」。第二，雖是團圓卻處處都是哭聲。元妃省親，見了賈母、王夫人，「滿眼垂淚」；見了諸親眷，「又不免哭泣一番」；見了賈政，「隔簾含淚」；見了寶玉，「淚如雨下」；請駕回鑾之時，「滿眼又滾下淚來」。元宵節那天，元春給家裏送去一個燈謎，賈政猜出謎底是「爆竹」，內心沉思的是「娘娘所作爆竹，此乃一響而散之

物」。此外，賈母的「荔枝」謎，「猴子身輕站樹梢」，諧音「離枝」，也就是樹倒猢猻散；迎春的「算盤謎」，寓意她將早死；探春的「風箏謎」，寓意她將遠嫁；惜春的「海燈謎」，寓意她將出家；寶釵的「竹夫人謎」，「恩愛夫妻不到冬」，寓意她終將守寡。此時已隱現不祥之兆。第三，元宵節果然成了少男少女交際的節日。元妃命眾姊妹作詩，寶釵悄悄指點寶玉，元妃不喜歡「綠玉」，讓他趕緊換成「綠蠟」；黛玉則偷偷幫寶玉代作了一首，而且被元妃指為前三首之冠。可是等到端午節賜節禮的時候，元妃賜給寶玉、寶釵的是一樣的，黛玉的則減一等，透露出元妃看中的寶玉妻子人選是寶釵而非黛玉。棄黛選釵的理由有很多，但這次元宵節黛玉、寶釵給元妃留下的不同印象顯然也是其中之一。可棄黛選釵又是寶玉出家的直接肇因，愛之反而害之，團圓反成分散。

更進一步的是，這次元宵節還是一個伏筆，元妃反覆談到，賈家人太奢華過費了，「以後不可太奢，此皆過分之極」，「倘明歲天恩仍許歸省，不可如此奢華靡費了」。此語和第三個元宵節緊密鉤連。第三個元宵節在第五十三回，烏進孝來進地租時，以為娘娘和萬歲爺必

然對賈府賞賜極豐，這也是普通人以為的必然之理。但賈蓉親口否認：「縱賞金子，不過一百兩金子，才值了一千兩銀子，夠一年的什麼？這二年那一年不多賠出幾千銀子來！」而榮國府沒落的緣起，竟然就是第二個元宵節的元妃省親——「頭一年省親，連蓋花園子，你算算那一注共花了多少，就知道了。再兩年，再省一回親，只怕就淨窮了！」

到了第五十三回，賈府已從盛極而下，賈家雖然有元春，但平時花費過大，財力已經不及從前了。連年賠錢——「那一年不賠出幾千兩銀子來」；出多進少，又不置產業——「這幾年添了許多花錢的事，一定不可免是要花的，卻又不添些銀子產業」。第五十三回裏，賈府雖然也宴請親朋，可賈家部分族人都不願意來赴宴，「或有年邁懶於熱鬧的，或有家內沒有人不便來的，或有疾病淹纏，欲來竟不能來的，或又有一等妒富愧貧不來的，甚至於有一等憎畏鳳姐之為人而賭氣不來的，或有差口差腳，不慣見人，不敢來的」，賈府內部錯綜複雜的關係導致了內部的不和睦。作者通過這次元宵節的冷清和賈珍等人的對話，直接說明了賈家因為奢華靡費，後繼無人，已經走向沒落了。

　　《紅樓夢》中的第四個元宵節是在第九十六回:「眾人因為燈節底下,恐怕賈政生氣,已過去的事了,便也都不肯回。只因元妃的事忙碌了好些時,近日寶玉又病著,雖有舊例家宴,大家無興,也無有可記之事。」

　　和之前的濃墨重彩不同,最後一個元宵佳節只是輕輕帶過。不唯如此,圍繞著這個元宵節還有一系列禍事。節前元妃薨逝,賈家在宮中的靠山轟然倒塌;寶玉又因丟失玉而生病,賈家重金懸賞,轟動得都有人拿假玉來賈府碰運氣,鬧動了「賈寶玉弄出『假寶玉』」來。這兩件大事都發生在元宵節前後,正是人閒時節,可想而知會造成怎樣的轟動。到了正月十七日,又傳來了王子騰感冒被庸醫一劑藥致死的噩耗。在《紅樓夢》開篇,說四大家族一榮俱榮、一損俱損。但是賈、王、史、薛這四家,史、薛早已沒落,史湘雲一個公侯小姐常常要做活兒到五更天;皇商薛家的薛蟠是個薛大傻子,於做生意一竅不通。實際上只有賈、王在支撐門面。可是這個元宵節,先是賈家折損元妃,緊接著王家失去王子騰,再加上此時,為了給失玉後變得瘋傻的寶玉治病,鳳姐等人定下了掉包計,埋下了後文黛玉慟亡、寶玉出家的伏筆。所以這個元宵節已經是最後一

次，作者卻輕輕帶過，實際上意味很深。不再寫錦衣玉食、朱甍碧瓦，因為馬上就要「白茫茫大地真乾淨」；不再寫火樹銀花、爆竹震天，因為更震耳的是「呼喇喇大廈將傾」。

曹雪芹在《紅樓夢》中第一回寫甄家，第一個元宵節就是禍起的引子，是「家破」，此後一路滑入深淵。而第九十六回寫賈家，第四個元宵節則是「人亡」，奏響了賈家家族覆亡的挽歌。《紅樓夢》的結構是先寫甄家的「小榮枯」，由詩酒蒔花的富足鄉宦人家跌入衣食無繼的赤貧；接著寫賈家的「大榮枯」，賈家從富比王侯的公府豪門到慘遭抄家。前後呼應，可見文思深細。把賈府的盛極而衰側面描寫出來，用元宵節期間發生的眾多事件隱喻了書中眾多人物的悲劇命運，草蛇灰線，伏脈千里，累如貫珠，堪稱神筆。

輯四

《種芹人曹霑畫冊》論析

引言

　　《種芹人曹霑畫冊》是目前紅學界關注的一個熱點，也是目前發現的、為數不多的關於曹雪芹的待考文物。畫冊封面為紫檀木，上面貼有題簽「種芹人曹霑畫冊」。長 31.5 厘米、寬 29.4 厘米。全冊共有八幅寫意畫，每幅畫都附有詩詞題詠。畫頁與詩頁，粘連成幀，八幀粘連，折頁成冊。畫冊材質為絹，詩頁材質為紙。八幅寫意畫分別為《蕪菁》、《芋芳》、《殘荷》、《茄子》、《秋海棠》、《東陵瓜》、《漁翁》、《峭石與靈芝》，每畫之後均有詩詞題詠，包括閔大章題三幅、銘道人題一幅、

陳本敬題兩幅、歇尊者題一幅、曹霑題一幅。每幅並鈐有橢圓形、方形、長方形白文、朱文印章。

曹雪芹在《紅樓夢》常常用繪畫來表現人物，如第五回《燃藜圖》反襯了寶玉對仕途經濟的反感，唐寅的《海棠春睡圖》暗含了秦可卿的奢靡與艷情；第四十回秋爽齋裏米芾的《烟雨圖》烘托了探春高雅的情趣；第五十回仇英的《雙艷圖》凸顯了寶琴的美貌。曹雪芹在《紅樓夢》裏也常常用繪畫的手法來描寫情節。脂硯齋、畸笏叟在評《紅樓夢》過程中，一再指出：小說深得繪畫的「秘訣」；稱「林黛玉倚著床欄杆，兩手抱著膝……」「竟畫出《金閨夜坐圖》來了」。而曹雪芹在第四十二回中集中展現了自己的畫論 —— 對畫題、立意、布局、界畫、人物、用筆的見解；對畫具 —— 畫筆、顏料、雜項的熟悉；以及對礬絹、飛色、泥金泥銀、出膠等的在行。善於繪畫的曹雪芹，在其自作的《種芹人曹霑畫冊》中，也隱含了不少《紅樓夢》情節和人物元素，可與之對看。

種芹人曹霑畫冊第一幅：《蕪菁》隱含寶釵命運

　　第一幅所繪為蕪菁，鈐一橢圓形印章：「雲中」。附題行書七絕：翠葉離披覆壟頭，表朱內玉實深秋。膏粱飽嘗閑魚肉，曾識田家至味否。落款題名為「絅齋閔大章」。後鈐白文「閔大章印」、朱文「元音」方印兩方。引首鈐「汶水」長方印。

　　第一幅《蕪菁》隱喻「寶釵」。乍一看，其一，蕪菁是一種較為常見和廉價的蔬菜，以此為喻似乎唐突了寶釵。其二，依香草美人的傳統，寶釵的喻象更接近於她的別號「蘅蕪君」中的「蘼蕪」。《紅樓夢》第十七、十八回〈大觀園試才題對額　榮國府歸省慶元宵〉，賈

政、寶玉和眾清客來到未來由寶釵居住的蘅蕪苑,但見一株花木也無,只有許多異草:或有牽藤的,或有引蔓的,或垂山巔,或穿石隙,甚至垂簷繞柱,縈砌盤階,或如翠帶飄搖,或如金繩盤屈,或實若丹砂,或花如金桂,味芬氣馥,非花香之可比。通過寶玉的口說出「那香的是杜若蘅蕪」,其中,蘅蕪,是兩種植物「杜衡」、「蘼蕪」的簡稱。「蘼蕪」這種香草,在古典詩歌中似乎與棄婦特別有緣。《古詩十九首》有「上山采蘼蕪,下山逢故夫」之詩;唐代詩人趙嘏〈蘼蕪葉復齊〉言「掬翠香盈袖,看花憶故夫」;清客所引魚玄機詩〈閨怨〉道「蘼蕪滿手泣斜輝,聞道鄰家夫婿歸」,都暗示了寶釵未來的命運。

寶釵的「蘅蕪君」和黛玉的「瀟湘妃子」都是以居所的植物「蘼蕪」和「竹子」為名,而且這兩種植物亦具有人格象徵的意味。但同時,《紅樓夢》還單獨賦予了林黛玉一種蔬果的名稱——「香芋」,那麼,寶釵又為何不能另有一種蔬果作為隱喻呢?第一幅很像蘿蔔,而且曹雪芹畫蘿蔔也未嘗不可,為何單單點明它是「蕪菁」?首先,「蕪菁」確實重了「蘅蕪君」的「蕪」。其次,「蕪菁」的諧音是「無情」,正照應《紅樓夢》第六十三回

寶釵抽到的花籤──「任是無情也動人」。再次，蕪菁有種種宜人之處，劉禹錫的《劉賓客嘉話錄》說：「諸葛所止，令兵士獨種蔓菁者，取其才出甲可生啖，一也；葉舒可煮食，二也；久居則隨以滋長，三也；棄不令惜，四也；回則易尋而採之，五也；冬有根可斸食，六也。比諸蔬屬，其利不亦敷哉？劉禹錫曰：『信矣。』三蜀之人，今呼蔓菁為諸葛菜，江陵亦然。」從此蔓菁便有了一個雅號「五美菜」。據明代文學家張岱的《夜航船》記載：「蜀人呼之為諸葛菜。其菜有五美：可以生食，一美；可菹酸菜，二美；根可充饑，三美；生食消痰止咳，四美；煮食可補人，五美。故又為五美菜。」

最後，蕪菁另一個名字可能更為著名──「葑」。

《詩經‧邶風‧谷風》提到：

> 采葑采菲，無以下體？德音莫違，及爾同死。

其中，葑是蕪菁，菲是蘿蔔。蕪菁和蘿蔔的葉子和根都可以吃，但根有好吃的也有不好吃的，不能因根不好吃，而將葉子也扔掉，喻夫婦是以禮義品行而結合的，不能隨隨便便就嫌棄對方。「德音莫違，及爾同

死」。夫婦之間應以德音相勉，不要違背，這才是白頭偕老，相守一生的夫婦之道。

《谷風》中的妻子全無失德之處，卻無端被丈夫拋棄。寶釵也正像「蕣菁」一樣，才情、容貌、談吐、女紅、家世，無一不美；嫁給寶玉，也並無任何過失之處，甚至還秉持「停機之德」，時時以「仕途經濟」的「德音」規箴寶玉，卻遭到了寶玉離家出走、遁入空門的殘酷打擊。

而且葑菲是直接跟棄婦相聯繫的，有李白《古風五十九首》中第四十四首〈綠蘿紛葳蕤〉為證：

> 奈何夭桃色，坐嘆葑菲詩。
> 玉顏艷紅彩，雲髮非素絲。
> 君子恩已畢，賤妾將何為。

詩中的棄婦容貌艷若夭桃，而且《詩經·桃夭》又是歌頌新嫁娘的名篇，似隱含此棄婦並非淫奔之女，而是明媒正娶得到家族認同的女子。而且正值青春，鬢髮如雲，綺年玉貌，紅顏未老，卻無端被棄，色未衰而愛已弛，彷徨無措。《紅樓夢》中寶釵的遭遇與之相當相似。

　　李白的詩歌不但不生僻，並且，《紅樓夢》中讓林黛玉教香菱學詩之時，明確提出的取法之道是讓她把李白、杜甫、王維的詩認真研讀。所以，曹雪芹對李白之詩一定並不生疏。葑菲和李白棄婦詩的緊密聯繫，亦可作為《種芹人曹霑畫冊》第一幅《蕪菁》與成為棄婦的寶釵是有一定關聯的佐證。

　　綜觀曹雪芹對「蕪菁」的構想：在其「諧音」表層意義上，他指出寶釵「無情」的一面，她對寶玉並非心靈上的吸引和精神上的共鳴，無法「一見鍾情」和「日久生情」；在其深層意義上，他又借「葑菲被棄」「中心有違」的引詩將她比作為丈夫所棄的棄婦。顯然，曹雪芹有以此象徵薛寶釵兩重人格的構思。

種芹人曹霑畫冊第二幅:《芋艿》暗喻「小老鼠」黛玉的傾城與夭折

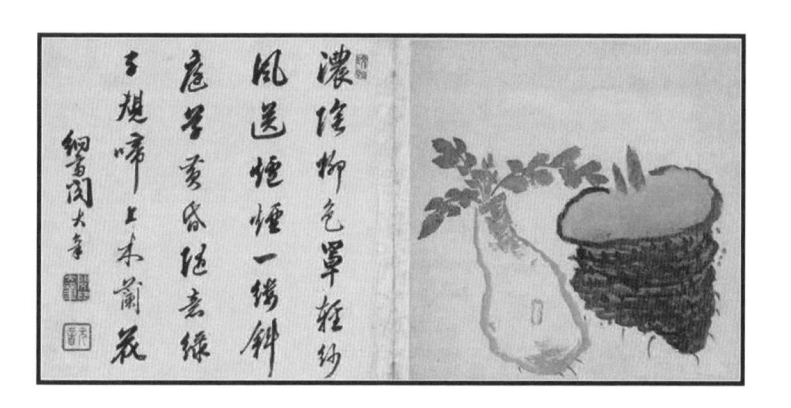

　　第二幅繪為芋艿。鈐一長方印,畫中印章為「寫意」二字。附題行書七絕,為明末福建女詩人王虞鳳〈春日閑居〉:濃陰柳色罩輕紗,風送爐烟一縷斜。庭草黃昏隨意綠,子規啼上木蘭花。落款題名為「絧齋閔大章」。後鈐白文「閔大章印」、朱文「元音」方印。引首鈐「汶水」長方印。

　　第二幅《芋艿》暗喻「黛玉」。對於第二幅《芋艿》為何曲折地代表黛玉,沈治鈞先生曾經結合第二幅的題詩「濃陰柳色罩輕紗」做了推演:

　　曹雪芹告訴他，王虞鳳是林黛玉的一個歷史原型。閱獲此機密，必定印象深刻，不至輕易淡忘，讀到〈春日閒居〉的時候當然別有會心。及至為畫冊題詩，目睹芋芳，遂興聯想（芋芳→香芋→「香玉」→林黛玉），於是據寧儉堂本俞輯抄寫出〈春日閒居〉。

　　筆者認為，回到《紅樓夢》文本，曹雪芹也曾將黛玉曲折地和「香芋」建立了聯繫。第十九回〈情切切良宵花解語　意綿綿靜日玉生香〉，寶玉因林黛玉才吃了飯就睡午覺，怕她睡出病來，所以編個小耗子偷香芋的故事來替她解悶兒混過困去。小耗子說自己要變成一個香芋混進香芋堆裏偷偷搬運，誰知搖身一變卻變成一個最美貌標緻的小姐，圍觀的眾耗子都說變錯了，小耗子現形說，「我說你們沒見世面，只認得這果子是香芋，卻不知鹽課林老爺的小姐才是真正香玉呢。」黛玉嬌嗔寶玉是在編排自己，寶玉辯白說是因為聞到黛玉身上的香氣想到的故事。實際上，「香」指「一股幽香，卻是從黛玉袖中發出，聞之令人醉魂酥骨」，「芋」諧音了林黛玉的「玉」，其推導方式為：林黛玉→「香玉」→香芋，

因此,《芋芀》一圖和《紅樓夢》原文對看含有林黛玉人物元素。

另外,「香芋」還是黛玉的「薄命」之兆。在《紅樓夢》中,雖然明確提到了寶釵、黛玉和鴛鴦都有香味,例如對於寶釵,「寶玉此時與寶釵就近,只聞一陣陣涼森森甜絲絲的幽香,竟不知系何香氣」;對於黛玉,「只聞得一股幽香,卻是從黛玉袖中發出,聞之令人醉魂酥骨」;對於鴛鴦,「寶玉便把臉湊在他脖項上,聞那香油氣」。但是寶釵是「冷香丸」的藥香,鴛鴦是脂粉香,因為同時寶玉還說讓鴛鴦把嘴上的胭脂賞他吃了,唯有黛玉是真正的體香,而且正因這體香寶玉才編出了這個「香芋」的故事,「我因為聞你香,忽然想起這個故典來。」然而,體香聽來風雅,卻並非佳兆,古人認為這是薄命夭折之相:

> 名花美女,氣味相同,有國色者,必有天香。天香結自胞胎,非由熏染,佳人身上實實有此一種,非飾美之詞也。此種香氣,亦有姿貌不甚較艷,而能偶擅其奇者。總之,一有此種,即是夭折摧殘之兆,紅顏薄命未有捷於此者。

因此，曹雪芹唯獨賦予黛玉「體香」，也是伏下了她早夭的伏筆。所以，這幅《芍芛》也雙關暗喻了黛玉的傾城之色與夭折摧殘。

種芹人曹霑畫冊第三幅：《殘荷》暗指寶黛無緣與香菱慘死

第三幅繪殘荷。鈐兩方印：囗曹、周囗。附以楷書題唐代詩人趙嘏的〈長安晚秋〉：紅衣落盡渚蓮愁。後有落款「歲乾隆辛巳夏日客京華旅次，歇尊者拈句」。

第三幅《殘荷》既隱指寶黛無望的愛情，又隱含「英蓮」。《紅樓夢》第四十回寫賈母帶著劉姥姥大宴大觀園，在園裏坐了一次船，眾人看到了池中的枯荷，寶玉嫌「破荷葉可恨」，嚷著要把池中的破荷葉拔去。林黛玉卻道：「我最不喜歡李義山的詩，只喜他這一句：『留

得殘荷聽雨聲』。偏你們又不留著殘荷了。」寶玉道：「果然好句，以後咱們就別叫人拔去了。」這個細節，早期是用來形容寶玉對黛玉用情之深，如張笑俠先生評價道：「寶玉聽了又忙說不叫拔了，真能聽黛玉的話。」但亦有學者指出，曹雪芹用李商隱句，但把「留得枯荷聽雨聲」改成「留得殘荷聽雨聲」大有深意。李商隱本身就有過創傷深重的愛情悲劇。「枯」的本義是草木枯槁，是隨著時令植物自然而然地發生變化。而「殘」的本義則是「毀壞、破壞」，含有因外力作用而導致變化的意思。而此處，曹雪芹改「枯」為「殘」，有著異曲同工之妙：暗示寶黛愛情必將受到外力破壞，從而埋下伏筆。以李商隱其人、其詩暗示了林黛玉的愛情只能是無望的愛情。但不管關聯的是寶黛的情深還是緣淺，都說明了「殘荷」在《紅樓夢》中在曹雪芹處是極為重要的意象，念茲在茲，形諸圖畫。

《紅樓夢》第五回金陵十二釵圖冊所繪「香菱」是蓮枯藕敗，因「香菱」本名「英蓮」，但相繼遇到拐子拐賣和金桂摧殘，最終「枯敗」。《種芹人曹霑畫冊》這幅《殘荷》上，歗尊者題詩為「紅衣落盡渚蓮愁」，該詩為唐代詩人趙嘏所作，趙嘏也有美姬為浙帥所奪，趙嘏快

快作一詩，中有「當時聞說沙咤利，今日青娥屬使君」之句，浙帥不自安，遣人將美姬送歸於蝦。

> 蝦時方出關，途次橫水驛，見兜舁人馬甚盛，偶訊其左右，對曰：「浙西尚書差送新及第趙先輩娘子入京。」姬在舁中亦認蝦，蝦下馬揭簾視之，姬抱蝦慟哭而卒。遂葬於橫水之陽。

元辛文房《唐才子傳》有類似記載，還增加了「蝦思慕不已，臨終目有所見，時方四十餘」的描述。趙蝦的殘荷之詩與美姬被奪的經歷，都與香菱（英蓮）的名字與遭遇有一定相合之處。《殘荷》雙指黛玉、香菱（英蓮），也是菱為黛影，一擊兩鳴法的體現。

.

種芹人曹霑畫冊第四幅：《茄子》與紅樓得意美饌「茄鯗」

第四幅繪茄子。鈐一橢形印章：「是什麼」。附題行書杜甫五律〈春夜喜雨〉：好雨知時節，當春乃發生。隨風潛入夜，潤物細無聲。野徑雲俱黑，江船火獨明。曉看紅濕處，花重錦官城。落款題為「杜工部句，閔大章」，後鈐白文「大章之印」、朱文「元音」方印兩方。引首鈐「汶水」長方印。

第四幅《茄子》借指《紅樓夢》中「茄鯗」。紅樓盛饌雖然數以百計，但知名度最高的代表作當屬《紅樓夢》第四十一回〈賈寶玉品茶櫳翠庵　劉老老醉臥怡紅

院〉中提到的「茄鯗」。其中，鳳姐誇耀性地提到了其配料昂貴，工藝繁複的製作方法。值得注意的是，紅樓眾人一般是用「茄子」指代了這道菜而非拗口的「茄鯗」。

鳳姐兒聽說，依言夾些茄鯗送入劉老老口中，因笑道：「你們天天吃茄子，也嘗嘗我們這茄子，弄的可口不可口。」劉老老笑道：「別哄我了，茄子跑出這個味兒來了，我們也不用種糧食，只種茄子了。」眾人笑道：「真是茄子，我們再不哄你。」劉老老詫異道：「真是茄子？我白吃了半日。姑奶奶再餵我些，這一口細嚼嚼。」鳳姐兒果又夾了些放入他口內。劉老老細嚼了半日，笑道：「雖有一點茄子香，只是還不像是茄子。告訴我是個什麼法子弄的，我也弄著吃去。」

原來，做這道菜，是要把才下來的茄子把皮簽了，只要淨肉，切成碎釘子，用雞油炸了，再用雞脯子肉並香菌、新笋、蘑菇、五香腐乾、各色乾果子，俱切成釘子，用雞湯煨乾，將香油一收，外加糟油一拌，盛在瓷罐子裏封嚴，要吃時拿出來，用炒的雞瓜一拌就是。劉

姥姥聽了，搖頭吐舌說道：「我的佛祖！倒得十來隻雞來配他，怪道這個味兒！」

關於《紅樓夢》中這道盛饌「茄鯗」有三種說法：一、不存在，不好吃。以俞平伯先生和周汝昌先生為代表，「它說的菜事實上既沒法做」，「更別提好吃了」。「有人真的按照鳳姐所教給的，如法炮製，做出了茄子，但是結果並不好吃。有人認為這很意外。也許此正在理中。」二、鄉野俚食，有些誇大其詞。逯耀東先生引用丁宜曾乾隆十七年撰《農圃便覽》所載「茄鯗」，認為它「行於魯南，是一味流行民間的鄉村俚食，和劉姥姥在大觀園吃的茄鯗不同」。丁聲樹先生、周定一先生認為「茄鯗」當作「茄鮺（或作『鮺』『菴』）」，「廣泛流行於湖北、湖南、貴州、四川、雲南各省」，「一般的講，普通人家自製居多」，「做法似乎與《紅樓夢》所說的是一路，當然遠沒有那麼講究」。三、確實存在，口味精美。鄧雲鄉先生認為茄鯗是一種路菜，特點是「經久不壞，要有葷腥保證口味和營養，要便於攜帶，不能有湯汁」，路菜「不但自家要做，而且親戚朋友還要以精美『路菜』互相饋贈。是一種風尚」。

事實上，《紅樓夢》中「茄鯗」這道別致的菜，是

對中國菜肴極為精緻的描寫，反映了中國飲食文化的精髓，也演繹著中國倫理精神的和諧觀、人格平等觀。「茄鯗」中葷素搭配，菌菇類、豆製品、乾果共同參與，雞湯、香油、糟油一齊「出場」，最後，「茄子不像茄子」，每個單一物都烙上了整體的印記，浸潤了整體的味道，這就是中國餐飲的「和」文化，也才是極品菜肴應具備的特徵。在「茄鯗」中，每個食材都是平等的，而且只要通過精心製作，每個低賤而普通的菜都可以成為一道精緻極品的菜肴，雖然此時每個個體都淹沒了自己，而只以整體的方式呈現出來，但是通過實踐達到完美的主動權和責任感都是平等的。因此，「茄鯗」以其化腐朽為神奇的粗菜精做，以及和諧平等的中國倫理精神體現，成為《紅樓夢》中最令人難忘，也恐怕是曹雪芹最得意的美饌之一，故以「茄子」曲筆代之。

種芹人曹霑畫冊第五幅：《秋海棠》暗寓海棠詩社與湘雲

第五幅繪秋海棠。鈐一橢圓形印章：「是什麼」。附行書李清照海棠詞〈如夢令〉：昨夜雨疏風驟，濃睡不消殘酒。試問捲簾人，卻道海棠依舊。知否，知否？應是綠肥紅瘦。落款題為「仲思陳本敬」。後鈐「陳」、「本敬」白文方印和「仲思」朱文方印三方。引首鈐「玉壺冰」長方印。

第五幅《秋海棠》指海棠詩社，同時暗寓湘雲。《紅樓夢》第三十七回〈秋爽齋偶結海棠社　蘅蕪苑夜擬菊

花題〉，賈芸忽見有白海棠一種，不可多得，故變盡方
法，弄得兩盆來孝敬寶玉，適逢探春下箋發願開詩社，
李紈道：「方才我來時，看見他們抬進兩盆白海棠來，倒
很好，你們何不就詠起他來呢？」從賈芸所奉書帖我們
得知：一、白海棠乃是珍貴難得之物；二、賈芸送花時，
也即白海棠開花時（否則怎知花是白色的），天氣暑熱。
且第七十回中，湘雲說到，起詩社（海棠詩社）時是秋
天，更可推知此海棠的開花時間在初秋。可是薔薇科蘋
果屬的植物，並不存在秋季開白花的海棠，擴大到薔薇
科木瓜屬，雖存在開白花的貼梗海棠和倭海棠，但花期
在三至五月間，與暑熱天氣不符。暑熱天氣又開白花的
海棠，就只有秋海棠科秋海棠屬（Begonia spp.）的植物
了。在中國，秋海棠是分布最廣泛的植物之一，北至北
京，南達雲南、廣西，全國大部分地區均可栽培。《紅
樓夢》中其餘各處提到的白海棠實際都是指秋海棠的白
花品種。秋海棠又稱八月春、相思草、斷腸紅，夏秋季
開花，花色多為紅色，也有白色。傳說「昔有婦人，懷
人不見。恒灑淚於北墻之下，後灑處生草。其花甚媚，
色如婦面。其葉正綠反紅，秋開，名曰斷腸花。即今秋
海棠也」。

《紅樓夢》一書有二十回涉及海棠花文化，但最集中的一回是第三十七回。這組詠海棠詩共六首詩寫得都很含蓄，言在此而意在彼，表面上看都是在描寫白海棠，實際上借物抒情，歌以言志。具體來説，這組詩都是借歌詠白海棠抒發個人的思想、品格、追求和情感，並可從各人詩中窺得個人將來的情形。

探春遠嫁，有家難歸；寶釵守寡，淒冷孤寂。寶玉的詩「出浴太真冰作影，捧心西子玉為魂」巧妙嵌入和他關係最密切的兩個人：寶釵和黛玉。正如己卯本第三十七回批語，黛玉的詩也「不脱落自己」。黛玉以白海棠自比，有梨花的潔白，有梅花的馨香，表現黛玉的清高和超拔；最後兩聯，既頹喪又惹人憐惜。滿腹的心事無人傾訴，只好在西風落葉的季節，淒涼地送走寂寞黃昏。

當然，海棠最重要還暗寓了湘雲。湘雲在《紅樓夢》中被比喻成海棠，因她抽到的花籤畫的是海棠，題寫是「香夢沉酣」，「只恐夜深花睡去」，用的是蘇軾詩關於海棠花的典故。湘雲曾經在海棠詩社舉辦後來到賈府，也填寫了兩首海棠詩，是海棠詩社壓卷之作，眾人大驚，看一句，驚訝一句，看到了，讚到了，都説，「這個不枉作了海棠詩，真該要起海棠社了」。

　　湘雲的「海棠詩」是「自況」。在湘雲第一首白海棠詩之「自是霜娥偏愛冷」句下，庚辰本和有正本有一雙行批注：「又不脫自己將來形景。（有正本無「又」字）」。這條批語告訴我們，湘雲「將來形景」是愛冷的「霜娥」。

　　梅節先生指出，「白首雙星」回目預伏湘雲將來像織女，白海棠詩暗示她將來像嫦娥。織女與嫦娥的婚姻同屬一個類型，她們雖然都有丈夫，但又都離開了自己的丈夫！

　　湘雲「霽月光風」，「從未將兒女私情略縈心上」，卻蒙受不貞之冤……「幽情欲向嫦娥訴，無奈虛廊夜色昏」，她只好抱著滿腔的幽恨，像蠟炬一樣滴乾最後一滴眼淚，結束自己的生命。無疑可見海棠尤其是秋海棠在《紅樓夢》中的重要性。

種芹人曹霑畫冊第六幅：《東陵瓜》借指賈府興衰

　　第六幅繪西瓜。畫中鈐兩方印：□曹、周□。附題行書七絕：冷雨寒烟臥碧塵，秋田蔓底摘來新。披圖空羨東門味，渴死許多煩熱人。落款題為「種芹人曹霑並題」，鈐篆書石刻印章「曹霑」，這是八幅圖中唯一曹雪芹親題的詩句。引首鈐一長方朱印，篆書「憶昔茜紗窗」。

　　第六幅《東陵瓜》借指賈府興衰。有很多學者展開激烈爭論，顧斌先生在〈貴州圖書館藏《種芹人曹霑畫冊》考釋〉一文中認為此瓜為「西瓜」，「表達了對自由、閑適生活的嚮往。」

　　季稚躍先生提出，「《種芹人曹霑畫冊》中的畫作實難恭維，靠它來養家糊口恐有難度」。劉夢溪先生認為，第六幅圖畫功低下，題詩水平不高，疑恐非曹雪芹所作：

　　　　即如畫冊中末屬「種芹人曹霑並題」的第六圖，筆墨臃堆鄙俗，無論如何無法與「擊石作歌聲琅琅」（敦誠〈佩刀質酒歌〉）而又善畫石的雪芹曹子聯繫起來。而所題之「冷雨寒烟臥碧塵，秋田蔓底摘來新。披圖空羨東門味，渴死許多煩熱人」詩句，更與寫有「白傅詩靈應喜甚，定教螢素鬼排場」奇句而具有李賀遺風的雪芹詩作相差天壤。

　　吳佩林、楊仲佑、胡鐵岩、邵琳等學者或質疑畫中之瓜的形與葉均與西瓜不同，或質疑初秋北京是否還有西瓜，故認為「種芹人曹霑」應非曹雪芹。但樊志斌先生認為不能以畫中是否為西瓜來判斷畫家是否為曹雪芹，同時提出了此瓜是否為甜瓜的可能，以及引《本草綱目》北京西瓜成熟的時間論證符合《種芹人曹霑畫冊》

「秋田」、「冷雨寒烟」的描述。

拾井磊先生認為，不是實物是什麼模樣，丹青手就得畫成什麼模樣，也並非畫成什麼樣，詩詞家就得照實吟詠。《畫冊》作者的意思，當時以東陵瓜寓意歸隱田園的超逸姿態，「種芹人」、「雲中」、「東陵瓜」及所繪田園蔬果，都足證《畫冊》作者具有遁世情懷。

筆者則認為，《東陵瓜》或借指賈府興衰。對《紅樓夢》文本和曹家家事略有瞭解的當代讀者，聯繫到字「夢阮」的曹雪芹，聯繫到以「東陵瓜」著稱的阮籍的《詠懷詩》其六：「昔聞東陵瓜，近在青門外。連畛距阡陌，子母相鈎帶。五色曜朝日，嘉賓四面會。膏火自煎熬，多財為患害。布衣可終身，寵祿豈足賴！」應能敏感地反應過來曹雪芹是在「借畫喻世」。

《紅樓夢》中的賈家亦如東陵之瓜，其坐落在類似「青門」的帝都，四大家族「皆連絡有親，一損皆損，一榮皆榮，扶持遮飾，俱有照應」，正是「連畛距阡陌，子母相鈎帶」；在「鮮花著錦，烈火烹油」，「冠蓋雲集，輻輳盈門」之時，正是「五色曜朝日，嘉賓四面會」。然而，禍福無門，惟人自召，最終落得個白茫茫大地真乾淨，昔日王侯貴族，忽喇喇似大廈傾，「寵祿豈足賴！」

以曹家家事而論，由包衣奴才入關，到曹寅因母親是康熙的乳母成為康熙的奶兄弟，而被賦予江寧織造的寵銜，曹家並四次接駕，榮寵已極，到虧空無法填補，雍正上台後慘遭抄家，其人生起伏曲綫亦如之。

黃一農先生指出，第六幅曹雪芹題詩「冷雨寒烟臥碧塵，秋田蔓底摘來新。披圖空羨東門味，渴死許多煩熱人」和《紅樓夢》小說第十八回林黛玉五律用字全同：「名園築何處，仙境別紅塵，借得山川秀，添來景物新。香融金穀酒，花媚玉堂人，何幸邀恩寵，宮車過往頻。」其中的「塵」、「新」、「人」、「頻」皆屬上平十一真韻。雖然前人之詩偶亦見有韻腳甚至用字均相同者，但此仍屬難得的巧合，應可進一步呼應「種芹人曹霑」與《紅樓夢》作者間之關係。

張志先生不同意黃一農先生的論斷，舉出三個論點：其一，曹雪芹的詩才不至於使他僅對「塵」、「新」、「人」、「頻」的「上平十一真韻」熟悉或情有獨鍾。其二，林黛玉此詩表達的「心態與情趣」顯然與「種芹人曹霑」要表達的「歸隱之情」無關。其三，如上述，曹雪芹連自己是《紅樓夢》作者的身份都在書中有意掩飾，不願明說，他又怎麼會用小說中一首詩的韻腳來題

識畫冊中的畫作，從而去暗示自己是《紅樓夢》的作者身份呢？

筆者認為，其一，曹雪芹詩才不僅於此，那他選了同韻腳豈非更能說明他對此詩念念於心？其二，曹雪芹是對《紅樓夢》中的情節人物爛熟於心，畫冊之詩與小說之詩同韻腳正說明其相關性。其三，曹雪芹並非有意暗示自己是《紅樓夢》的作者，而是《紅樓夢》耗費他批閱十載，增刪五次，是縈繞於心，無時或忘的思想。那麼，慣以隱寓、寫意見長的曹雪芹，在精心結撰一本畫冊的時候，其所思所感又焉能不有所流瀉？

種芹人曹霑畫冊第七幅:《漁翁》與寶玉的另一種結局

第七幅繪漁翁。鈐一長方印,印文「寫意」。附行書七律〈漁村詩畫圖〉(金朝:党懷英):江村清境皆畫本,畫裏自傳詩語工。漁父自醒還自醉,不知身在畫圖中。落款題為「辛巳夏日,陳本敬」。後鈐「陳」、「本敬」白文方印和「仲思」朱文方印三方。引首鈐「玉壺冰」長方印。

第七幅《漁翁》暗指「寶玉」。此幅繪江畔漁翁乘一漁筏,縱魚鷹捕魚,漁翁短衣打扮,赤腳站立,雙手持一杆,一魚鷹站在杆上,嘴中已叼有一魚。漁筏右側

依稀可見魚簍、斗笠,被一大蓑衣所遮蔽。

《紅樓夢》中曾經四次寫到漁翁,兩次出自寶玉的自況,兩次出自他人對寶玉的體認。

寶玉的自況,一次是第二十二回中,寶玉好心,反而落了黛玉和湘雲兩處埋怨,不由想起前日所看《南華經》上,有「巧者勞而智者憂,無能者無所求,飽食而遨游,泛若不繫之舟」。並且同是這一回,寶玉聽到寶釵所說的〈寄生草〉「那裏討烟蓑雨笠卷單行?一任俺芒鞋破鉢隨緣化!」而公認這是由寶釵說出了寶玉的終身。

一次是第五十回,在蘆雪庵爭聯即景詩時,寶玉吟出了「葦蓑猶泊釣」。這兩回中,寶玉都以漁翁自比。而且,尤其是第五十回,他明確的表示了,在同是表示隱逸的漁樵之中,他更傾向於漁夫,而不是樵夫。

在他人對寶玉的體認中,一次是第四十五回寶玉探訪黛玉。

　　方欲安寢,丫鬟報說:「寶二爺來了。」一語未盡,只見寶玉頭上戴著大箬笠,身上披著蓑衣。黛玉不覺笑道:「那裏來的這麼個漁翁?」

一次是第四十九回賞雪。

寶玉來至蘆雪廣，只見丫鬟婆子正在那裏掃雪開徑。原來這蘆雪廣蓋在傍山臨水河灘之上，一帶幾間，茅簷土壁，草籬竹牖，推窗便可垂釣，四面都是蘆葦掩覆，一條去徑逶迤穿蘆度葦過去，便是藕香榭的竹橋了。

眾丫鬟婆子見他披蓑戴笠而來，卻笑道：「我們才說正少一個漁翁，如今都全了。」

在第四十五回中，寶玉交代了斗笠蓑衣這身裝扮的由來，是北靜王送給他的，那麼第四十九回寶玉所穿的這一套應該還是北靜王送他的那一身。

《紅樓夢》中很少描寫人物穿重複的衣服。比如說寶琴穿的野鴨子毛做的鳧靨裘，寶玉穿的雀金裘，以及寶玉穿的血點子似的大紅褲子，這些都是側面描寫並不是穿了一次的，而且關鍵的落腳點不在衣而在人。說鳧靨裘是說賈母那麼喜歡寶琴，也只是給了一件野鴨子毛的兒，給寶玉的是雀金裘是更高規格的。寶玉的雀金裘不止一次出現，是為了凸顯晴雯為他病補華衣。而寶玉的

大紅血點褲子更是為了表現晴雯物在人亡。可是《紅樓夢》中正面描寫寶玉穿了重複的衣服，就是這個斗笠蓑衣。這個斗笠蓑衣和寶玉的大紅猩猩氈其實是兩件非常特別的衣服。首先，它們都是非常貴重，並不是一般平民所能置辦：

　　黛玉又看那蓑衣斗笠不是尋常市上賣的，十分細緻輕巧，因說道：「是什麼草編的？怪道穿上不像那刺猬似的。」寶玉道：「這三樣都是北靜王送的。他閑了下雨時在家裏也是這樣。」

其次，這兩種衣服代表了不同的宗教含義。繪畫中的漁父圖歷來是隱逸有關：

　　宋時名手如巨然、李、范諸公，皆有《漁樂圖》。此起於煙波釣徒張志和，蓋顏魯公贈志和詩，而志和自為畫。此唐勝事，後人摹之，多寓意漁隱耳。元季尤多，蓋四大家皆在江南葭葰間，習知漁釣之趣故也。

斗笠蓑衣代表了隱逸，大紅猩猩氈代表了出世。寶玉最後出家，是光著頭，赤著腳，穿著一領大紅猩猩氈飄然而去。而寶玉在五十回曾說，自己願變成一個漁翁。而且在第四十五回中，寶玉提出也弄一套斗笠蓑衣給黛玉。黛玉笑道：「我不要他。戴上那個，成了畫兒上畫的和戲上扮的那漁婆兒了。」及說了出來，方想起來這話恰與方才說寶玉的話相連了，後悔不迭，羞得臉飛紅，伏在桌上，嗽個不住。

黛玉和寶玉說話，不自覺地把「漁翁」與「漁婆」說到一塊，而引起了自己的後悔與羞澀，「黛玉覺得自己前後的話向寶玉傳遞了這樣的會話含義：你和我像一對小夫妻。而這樣的會話含義對於一個貴族小姐來說是有失檢點的，因此黛玉『後悔不及，羞的臉飛紅』」。但「寶玉卻不留心」。王朝聞先生認為，「我以為黛玉的失言，包含著也許連她自己也未必自覺的願望。」確知寶黛命運的脂硯齋，情知寶黛愛情是落了空的幻影，則認為黛玉的失言相當於「直說出夫妻來」。庚辰本脂批：

　　妙極之文。使黛玉自己直說出夫妻來，卻又云畫的扮的，本是閒談，卻是暗隱不吉之兆。所

謂畫兒中愛寵是也，誰曰不然？

脂批這段話可謂點睛之筆，而且這種「未完成」的悲劇感，橫亙在作者甚至評點者心中。

張志先生曾經不同意第七幅圖和《紅樓夢》的聯繫：

> 圖中雖有蓑衣，但「老叟」卻沒戴斗笠，不僅畫中人物無法讓人聯想到寶玉或黛玉形象來，而且小說中這段二人戲稱「漁翁」，「漁婆」故事的關鍵道具「大箬笠」在圖中也沒有出現。

然而，《畫冊》本身就是寫意畫，寫意畫講究「遺貌取神」、以簡馭多，「逸筆草草，不求形似」，假如事無巨細表現無遺，那是工筆畫而非寫意了。正如胡德平先生所言：

> 《畫冊》的八幅圖屬文人沒骨寫意畫，不是工筆畫，不是商品畫，均屬作者抒情自娛的文人畫，均反映了「種芹人」的心態與情趣。

　　因此，斗笠蓑衣和大紅猩猩氈這兩件衣服是否代表
了寶玉對自己兩種人生歸宿的嚮往呢？一種是假如黛玉
活著，他們願意做一對蔑視富貴的神仙眷侶，逍遙於五
湖之中，就像范蠡和西施。另一種是黛玉死了，寶玉踐
約做了和尚，披著一領大紅猩猩氈，回歸到青埂峰下。

種芹人曹霑畫冊第八幅：《峭石與靈芝》象徵「木石前盟」

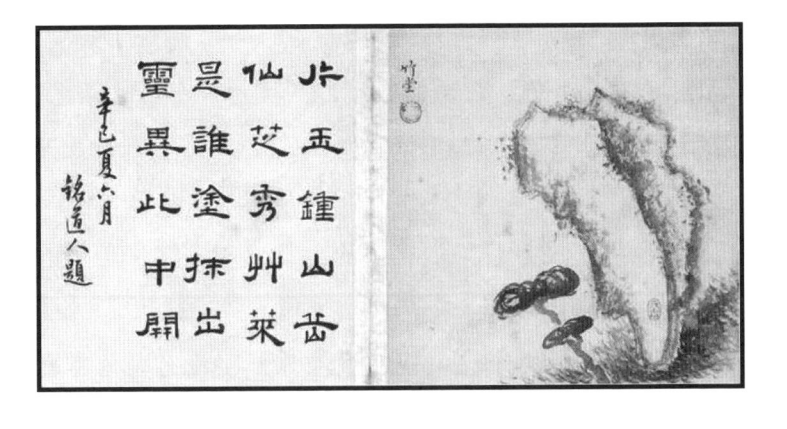

第八幅繪峭石與靈芝。署「竹堂」，鈐一圓形印章「有為」。鈐一橢形印章：「雲中」。附題篆書五律：片玉鐘山岳，仙芝秀草萊。是誰塗抹出，靈異此中開。落款題為「辛巳夏六月，銘道人題」。

第八幅《峭石與靈芝》指「木石前盟」。寶玉以頑石喻之大約沒有異議，可是林黛玉明明是「絳珠仙草」，怎麼是靈芝呢？

據《說文》解釋：「絳，大赤也。」絳色即大紅之色，

絳珠草應是生有大紅色珍珠狀果實的仙草。深知曹雪芹「擬書底裏」(指創作動機、素材及構思) 的脂硯在甲戌齋本第一回「絳珠草」旁批云:「點紅字。細思絳珠二字豈非血淚乎。」「血淚」即大紅珠狀物,可知在曹雪芹的構思中,絳珠草是生有大紅珠狀果實的。只是在前八十回中,曹雪芹並未正面描寫過它的形狀,程高本第一百十六回寫絳珠草是「一顆青草,葉頭上略有紅色」,「只見微風動處,那青草已搖擺不休。雖說是一枝小草,又無花朵,其嫵媚之態,不禁心動神怡,魂消魄喪」。「略有紅色」談不上「絳」,更何況「珠」字沒有著落;寫絳珠草令人「心動神怡」尚可理解,寫它令人「魂消魄喪」就有些莫名其妙,不倫不類。清末民初趙之謙《章安雜說》云:「珍珠蓮類天竹而細,紅艷嬌娜,葉一莖七片,有刺,幹綠色,而有碧絲如畫,插瓶亦耐久。常州人呼珊瑚草,遍考不知其名,疑《紅樓夢》中絳珠仙草即是。此野田所有,得亦可奇。」趙之謙已注意到絳珠仙草生有天竹一樣的大紅珠狀小果,但他將天界仙草等同於人間凡草。

從其性狀特徵考察,絳珠仙草應為古代方士和詩人想像中的靈芝草,也即古代神話中所記載的靈芝仙草。

《紅樓夢》中常把絳珠草稱為「木」，如「木石前盟」、「木石姻緣」、「草胎木質」，林黛玉亦自稱「我們不過是草木之人」：可知絳珠草既可稱草，又可稱木。《山海經・大荒西經》載：「大荒之中，有山名曰大荒之山，日月所入。」日月所入，象徵宇宙的起點與終點，曹雪芹就取此地作為《紅樓夢》故事世界的始元。《山海經・中山經・中次七經》記載：「又東二百里，曰姑瑤之山。帝女死焉，其名曰女尸，化為瑤草，其葉胥成，其華黃，其實如菟丘，服之媚於人。」瑤姬是炎帝的第三個女兒，是一個才色兼備的上古巫山女神。傳說瑤姬年紀輕輕，才剛到出嫁的年齡時，就不幸去世了。她的仙體被葬於巫山上，而她的靈魂則飛到姑瑤山上，化成一棵靈芝仙草，名為瑤草。龔鵬程先生指出，《紅樓夢》中處處透露與《山海經》的緊密連結：「絳珠草，據《山海經・中山經》講，原是天帝之女所化；大荒山無稽崖，則顯然出自《山海經》的〈大荒經〉。這一切神話原材，經作者變造後，即成為一種全新的神話結構，作者對人生宇宙的體悟和他所欲傳達的全部意旨，均藉此神話結構來表現。」在古人的詩賦中，靈芝草被稱為靈草、不死藥，如班固〈西都賦〉中說：「於是靈草冬榮，神木叢生。」

李善注:「神木、靈草,謂不死藥也。」據説服後可令人長生不死。張衡〈西京賦〉談到了它的狀貌:「神木靈草,朱實離離。」靈芝草結滿了紅色小果,一串串垂掛於綠葉之間,似乎正是「絳珠」的生動寫照。晉人葛洪《抱樸子》之〈仙藥〉篇列有「諸芝」,分為五類,總稱「五芝」:石芝、木芝、草芝、肉芝和菌芝。這五類芝中,每一類又各有百許種。或生深山之中,或生大木之下,或生泉之側,其狀或如宮室,或如車馬,或如龍虎,或如人形,或如飛鳥。張華《博物志》也説:「名山生神芝不死之草,上芝為車馬,中芝人形,下芝六畜形。」古人深信不疑服食靈芝草可以成仙,《上清明鑒要經》第七部分〈老子玉匣中種芝經神仙秘事〉記述,分別於立春、立夏、立秋和立冬之日,在東山、南山、西山和北山之陰掘坑,埋入曾青、羊負、青箱子、丹砂、黃金、雄黃、玄參、鶴膝草、清酒、浮萍、麻油等物,百日之後即可按照不同的步法和儀式分別收穫青芝、赤芝、黃芝和紫芝,然後服食用,可以達到「飛行登仙,上朝天皇」的目的。靈芝草也可以生死人而肉白骨,白素貞現出原形嚇死許仙後,為救活他去崑崙山盜仙草,那仙草也是靈芝。

　　葛洪認為，靈芝中有一種名為「紫珠芝」，「莖黃葉
赤，實如李而紫色，二十四枚，輒相連而垂如貫珠」。
「紫」本「絳」（紅）色之一種，所謂「紅得發紫」。「紫
珠芝」有一串二十四顆紫色珠狀果實，常略稱為「紫
芝」，屢見於詩人吟詠。西漢初商山四皓有〈紫芝歌〉：
「莫莫高山，深谷逶迤，曄曄紫芝，可以療饑。」陶潛
〈贈羊長史詩〉：「紫芝誰復采，深谷久應蕪。」陸龜蒙〈新
沙〉：「蓬萊有路教人到，應亦年年稅紫芝。」陸龜蒙〈和
襲美懷鹿門縣名離合〉：「田種紫芝餐可壽，春來何事戀
江南。」曹雪芹祖父曹寅《楝亭詩鈔》卷七有〈栗花歌〉
詠及紫芝，不過曹家的紫芝已是人間的菌狀靈芝，不再
是神話中的不死藥了。

　　實際上，把黛玉畫為靈芝，清代評點者已有之。道
光十二年（一八三二）雙清仙館刻本《新評繡像紅樓夢
全傳》，插圖六十四幅，一人一圖，皆為左右結構，右
圖為人物，左圖為相配的花草。其中，黛玉的配圖就
是「靈芝」，評句是《西廂記》中的「多愁多病身」。
儘管清代評點者也常多主觀臆度和偏頗離譜之處，但它
們的中鵠率與現代批評家的成績相較，畢竟猶勝一籌。
其次，這些評論更接近當時的看官聽眾所理解的原意，

「那些舊時的評書家與我們異時異地的現代讀者比起來，總是和原來作者意中的看官聽眾隔得近一些。」

文人畫是畫中帶有文人情趣，畫外流露著文人思想的繪畫。陳衡恪解釋文人畫時提出：「不在畫裏考究藝術上之功夫，必須於畫外看出許多文人之感想」。

雖然曹雪芹在北京西郊過著食不果腹，衣不遮體的生活。但是金鼎玉饌、美女如雲、笙歌達旦、窮奢極慾的金陵豪華生活景象卻永遠定格在他的腦海之中，所以在他創作《紅樓夢》時，之所以將金陵十二釵作為全書的重要關目，就是因為那種永遠揮之不去的懷舊情緒和眷戀金陵情結久久縈擾在他的腦畔。而《種芹人曹霑畫冊》八幅畫作中，《蕪菁》、《芋芳》、《漁翁》分別暗含寶釵、黛玉、寶玉的元素；《殘荷》隱指林黛玉無望的愛情；《茄子》代指《紅樓夢》中「茄鯗」；《秋海棠》隱括海棠詩社，又寓寶釵、黛玉、探春和湘雲的命運，尤其以湘雲為主；《東陵瓜》借指賈府興衰；《峭石與靈芝》隱喻木石前盟。綜合來看，《種芹人曹霑畫冊》八幅畫作皆與《紅樓夢》重要的人物、關鍵的情節有聯繫，而尤其以黛玉為主，這和曹雪芹創作《紅樓夢》的「悲金悼玉」、「大廈將傾」的原意也是比較接近的。

（本文為香港研究資助局資助項目「《種芹人曹霑畫冊》文化生態學研究」（項目編號：UGC/FDS13/H02/19）的階段性成果。）

輯
五

洗洗睡吧：《紅樓夢》「舊時真本」是個大騙局！

　　近幾天，一篇名為「舊時真本橫空出世　紅學大廈轟然坍塌」的微信刷屏，很多紅學愛好者給老朽雷震子轉發了鏈接，並關切地詢問事實真偽如何。

　　老朽看完，非常肯定地告訴他們，他們都被騙了。《紅樓夢》不是吳梅村寫的，是施耐庵和吳梅村合寫的！《紅樓夢》的成書年代不能是清代，必須上溯到明！

　　紅友乃大驚，連連詢問道：雷公你有證據否？！

　　曰：有！有！

　　我們先看這個舊時真本，叫做《吳氏石頭記》，是何莉莉（化名）持有的一個帶有紅字批語的石頭記抄

本，因為根據書中批語稱此書成書於癸酉年，所以此書內容的發布者將其抄本命名為癸酉本/《癸酉本石頭記》。它的封面原本書名全稱為《吳氏石頭記增删試評本》，目前已經公布了其後二十八回的文字內容。

以下內容皆根據其官方介紹，《吳氏石頭記》後二十八回主要情節有：抄撿大觀園後，賈寶玉一一遣散了怡紅院中的丫鬟，只留了麝月一個。襲人第一個離開大觀園後，嫁給蔣玉菡。

之後賈政與王夫人開始商定寶玉的婚事，要寶玉擬娶妙玉為妻，黛玉為副。寶玉同意，並向妙玉試探求婚，妙玉以逃離賈府作了拒絕，促成了寶黛的婚事。賈母、王夫人等人已先後去世。在寶黛即將成婚之時，賈元春被誣告私通戎羌之罪，賈府被抄家，賈赦等獲罪人被帶走，薛家逃離。

正值天下大旱荒災，社會動蕩，賊寇群起。賈府內的趙姨娘、賈環、賈薔、賈蓉等帶領賊寇，屢次闖進賈府和大觀園燒殺搶掠，柳湘蓮、薛蟠等人也企圖趁亂奪取大觀園，兩夥勢力先後攻打大觀園，賈環弒殺賈政。寶玉被賊人掠走。

在動亂中，大觀園內只剩下了黛玉帶領群僕保衛，

而小紅成了保衛大觀園的領軍人物。為除掉小紅，薛蟠使用薛寶釵設下的反間計，用鴛鴦反間小紅，黛玉中計，錯殺小紅，黛玉悔恨上吊而亡。大觀園陷落，遭到賊寇們幾次洗劫。

　　寶玉在獄神廟（岳神廟）被茜雪、柳湘蓮等人救走。襲人、寶釵等人一直躲避在紫檀堡，寶玉隨後投奔到紫檀堡。寶釵欺騙寶玉黛玉投井已死，寶玉與寶釵成婚。寶釵以仕途逼迫寶玉讀書，但是寶玉厭惡讀書考取功名，最後寶玉離開寶釵，懸崖撒手，徹底了斷，做了兩回和尚。寶玉做和尚很悲苦，最終乞討為生，到暮年時，在湘江邊上遇到同樣做了乞丐的史湘雲，兩人相依為伴。湘雲因染病無錢醫治而死去，寶玉坐船欲投海自盡，但被天神救起，將他帶回了太虛幻境。寶釵苦等寶玉不回，偶遇賈雨村，後嫁雨村。雨村遭到鑽營的門子報復，發配東北，寶釵死於東北冰天雪地之中。鳳姐被休，回金陵，又遭舊案追訴入獄，死於獄中。妙玉出走，後被惡僧搶掠玷污，終老一生。元春被冤死，迎春被虐待而死，探春遠嫁，惜春出家為尼⋯⋯《紅樓夢》中的主要人物最後都悲慘地死去，死後都返回了太虛幻境再次聚首相遇，真的是「落了片茫茫大地真乾淨」。

老朽看完《吳氏石頭記》，大笑三聲，吐血三升！

第一、黛玉帶領奴僕保衛大觀園，還能殺了小紅。這官府都是死人啊？殺伐決斷出於私刑了。哈哈哈。

第二、柳湘蓮打劫大觀園，又從岳神廟救走寶玉。他是不是人格分裂？

第三、薛寶釵給薛蟠出反間計除掉小紅，攻陷大觀園，幾次洗劫，之後嫁給寶玉。精神分裂？

這不是吳梅村寫的，一定是施耐庵寫的。相信我！

殺了人全家還能結為兄弟，必須是施公這種大手筆呀！

或是二人合寫的！一定是的！

紅友氣結道：「雷公，你胡說！胡說！」

老朽笑道：「老兄，我西周雷震子『面如青靛，髮似朱砂，眼睛暴湛，牙齒橫生，出於唇外；身軀長有二丈，使用一條黃金棍』，和唐朝那個『雷公嘴毛臉和尚』手拿金箍棒的孫悟空像不像？我一直說我雷震子就是孫悟空，你一直不信！那《吳氏石頭記》說它是《紅樓夢》，你咋恁信涅？！」

《紅樓夢》郵票盡顯方寸大舞台

　　郵票是文化的代表，由於文化背景相似，海峽兩岸的郵票題材也多有雷同，紅樓夢郵票即是如此，兩岸三地：大陸、台灣、澳門都發行過同主題郵票。

　　一九八八年七月十六日，台灣省郵政部門發行《中國古典小説——紅樓夢》特別郵票一套四枚，用工筆重彩設計，色澤亮麗，人物細緻傳神，為近年來暢銷票之一。台灣郵政公司介紹其印製的初衷：「為增進國人對古典文學藝術之認識，並期使國際人士瞭解博大精深的中華文化」，故以「寶玉遊園」、「黛玉葬花」、「寶釵撲蝶」、「湘雲醉眠」為主題，來表現賈寶玉的聰俊靈秀，林黛玉的任性純真，薛寶釵的理性練達，史湘雲的曠達

灑脫。郵票面值分別為三元五角兩枚，五元、二十元各一枚。郵票圖案系委請台灣大學中文系教授吳宏一先生規劃，由台灣設計家李光棋繪製。

這套《紅樓夢》郵票，有看似無理卻文心深微處，例如寶玉的衣服為寶藍色團花緞褂，初看來似乎與有著愛紅癖好的「怡紅公子」不符，對比可知，一九八一年十一月二十日大陸郵電部發行的小型張「雙玉讀曲」寶玉身著紅裝；一九九九年三月一日，澳門郵電司發行的《文學與人物——紅樓夢》郵票中的「寶玉悟情」及小型張「寶黛偷看會真記」，寶玉也是身著紅裝。那麼，台灣版寶玉為何要穿著藍裝呢？是不是台灣版紅樓夢郵票整體風格淡雅所致？均是以鵝黃、粉綠、淺紅為主？應該說也有這方面的考慮，然而寶玉的藍裝也是有根據的，竊以為這是取材於《紅樓夢》第三回寶黛初見時寶玉的穿著——「頭上戴著束髮嵌寶紫金冠，齊眉勒著二龍搶珠金抹額，穿一件二色金百蝶穿花大紅箭袖，束著五彩絲攢花結長穗宮條，外罩石青起花八團倭緞排穗褂，登著青緞粉底小朝靴。」據此再看郵票，寶玉果然是頭束金冠，眉勒抹額，內著大紅箭袖，外穿寶藍緞褂，甚至那青緞小靴，也在衣擺下微露，寫真畢肖。此

外,「寶玉遊園」郵票的畫面卻是寶玉在諸位姐妹的陪伴下游賞大觀園,是否與書不合?因為《紅樓夢》第十七回的上半回〈大觀園試才題對額〉曾經提到,賈政帶領一批清客驗收大觀園工程時,恰好碰見帶著奶娘小廝們在園中戲耍的寶玉,於是命他跟來為大觀園的各種園林風景建築題對額。當時諸位姐妹還沒有搬入大觀園,又怎麼可能和寶玉一起遊賞呢?然而根據郵票發行時所附的說明,原來此是擷取《紅樓夢》神思和精義──「聰俊靈秀的賈寶玉終日在大觀園中無事忙(遊園),在眾姐妹中穿梭來往,似乎已可預見書中人物的悲歡離合,賈府的興衰成敗。」

不過,一九八八版台灣紅樓夢郵票,也有白璧微瑕之處,第三枚「寶釵撲蝶」用的是團扇,實際上應該是摺扇。因為這一枚的來源為《紅樓夢》第二十七回〈滴翠亭楊妃戲彩蝶〉:「忽見前面一雙玉色蝴蝶,大如團扇,一上一下迎風翩躚,十分有趣。寶釵意欲撲了來玩耍,遂向袖中取出扇子來,向草地下來撲。」扇子能從袖中取出,可見應為摺扇更為合理。何況,寶釵如用團扇,也和第四枚「湘雲醉眠」中湘雲的團扇重複了。「湘雲醉眠」取材於第六十二回〈憨湘雲醉眠芍藥裀〉:「果

見湘雲臥於山石僻處一個石凳子上，業經香夢沉酣，四面芍藥花飛了一身，滿頭臉衣襟上皆是紅香散亂，手中的扇子在地下，也半被落花埋了，一群蜂蝶鬧穰穰的圍著他，又用鮫帕包了一包芍藥花瓣枕著。」一九八一版的大陸紅樓夢郵票和一九九九版的澳門紅樓夢郵票，對寶釵撲蝶所用的扇子都是用摺扇來處理的。

　　台灣郵政於二〇一四年十月二十七日發行《中國古典小說郵票—紅樓夢（二〇一四年版）》郵票一套四枚，針對一九九八年版的細節修訂如下：寶玉遊園改成了寶玉題額，寶玉的藍裝改成了紅裝，寶釵的團扇改成了摺扇。然而更值得注意的是重心的轉移，暌違十六年之久，仍舊是四枚一組的紅樓夢郵票，選材卻實堪玩味，分別為「鳳姐登場」、「寶玉題額」、「元春歸省」、「寶釵撲蝶」，其中，曾經最重要的女主角卻缺席了。可能有人會辯稱說，鳳姐登場正是選擇黛玉進賈府眾人廝見的場景「這熙鳳攜著黛玉的手，上下細細打諒了一回，仍送至賈母身邊坐下，因笑道：『天下真有這樣標緻的人物，我今兒才算見了！』」然而，鳳、黛於此場俱不弱也，似不應只提阿鳳這般厚此薄彼。或另有辯稱說，這是依書目章回順序規劃，四枚依次取材於第三回、第十

七回、第十八回和第二十七回。然而，恰恰不然，因為第二十七回是黛玉和寶釵同時出現的——〈滴翠亭楊妃戲彩蝶　埋香塚飛燕泣殘紅〉，其中，楊妃代指寶釵，飛燕代指黛玉。況且，一九九八版和二〇一四版都是一男三女的格局，但是，三女之中，只有寶釵延續了下來，而舊版的黛玉和湘雲分別被代換為新版的鳳姐和元春，這些無疑都強化了寶釵的重要性。

更深層的是，「文變染乎世情，興廢繫乎時序」，釵強黛弱（隱）也正是目前《紅樓夢》釵黛接受史喜好轉變的寫照。從清代一直到二十世紀八十年代，對黛玉的同情還是隱然多數，而二十世紀八十年代至今，則是寶釵完全取得壓倒性勝利。「擁黛」觀不但到二十世紀八十年代以來已經式微，而且評價也悄然變質，幾乎一面倒地貶黛，不要說她和寶玉的婚姻不被看好，進而她和寶玉的愛情也遭人鄙薄，甚至她的性格也惹人討厭。問卷調查顯示，早在八十至九十年代，很多大學生已經不欣賞黛玉的性格，認為她的悲劇是自身性格造成的。步入二十一世紀，讓當代大學生從紅樓人物中選伴侶，結果「男孩子沒人選林黛玉」。甚至還有大學生認為寶黛之間的感情不屬於愛情，不現實、理想主義成了這些大學生

對寶黛愛情的定評，這種認識一直延續到二〇一三年。

　　二〇一三年六月二十三日，《文匯報》還發表〈這麼早就擁釵了〉的文章，老師在高三公開課上詢問學生更願意以寶釵還是黛玉為妻／為友，全班眾口一詞選了寶釵。雖然，投眼於大洋彼岸我們可以發現，美國紅學界的釵黛之爭不但都是在中國內地「擁釵」、「擁黛」的洪流中反彈琵琶脫穎而出，而且「擁西」與「擁釵」、「擁中」與「擁黛」是一種正比例關係。

　　但對於我們中華文化來說，寶釵確實在當今大行其道，我們未必需要搬出後殖民與商業化的理論來苛責當代少男或男子的「擁釵」、「棄黛」擇偶觀，事實上那只是全球化內化的一種表徵，是現代性容貌身材、性格處事的一種追求，換言之，以「擁黛」為尚的古典時代的大門闔上了，儘管間中不無熹微晨光，當今主流的「擁釵」則是現代性的現代強勢表述。「擁釵」、「棄黛」於今代表了一個時代的終結和另一個時代的開啟。

紅樓夢醒後的「價值重估」

香港城市大學榮休教授王培光先生重讀《紅樓夢》，深受啟發，得歌如下：

紅樓幻情人生夢，甄賈寶玉夢驚遇。[注一]

孰真孰假誰是誰？翩翩夢蝶舞仙律。

夢蝶夢人夢覺難，悲喜千般何意趣？

竟認他鄉是故鄉，追金逐銀釣名譽。[注二]

人生願欲有真假，真願穹蒼大愛域。[注三]

愛而有怨非大愛，愛怨交纏陷愁獄。

強人隨我易生怨，破除執著化怨去。

玉成他人之所想，愛親愛人棄私欲。

憫念蒼生憐花飛，慈悲蓮花朵朵育。

不踩螞蟻澆草木，蜂蝶款款原野綠。

明德至誠化萬物，光輝本性堅貴玉。^(注四)

隨緣守分助所遇，夜空漸亮見朝旭。^(注五)

註一：《紅樓夢》第五十六回：「榻上少年（案：甄寶玉）說道：『我聽見老太太說，長安都中也有個寶玉，和我一樣的性情，我只不信。我才作了一個夢，夢中到了都中一個花園子裏頭……好容易找到他房裏頭，偏他睡覺，空有皮囊，真性不知那去了。』」那是說，賈寶玉空留軀殼在床上，靈魂去尋甄寶玉；假覓真時真覓假，生終死始死終生。

註二：《紅樓夢》第一回：「亂哄哄你方唱罷我登場，【甲戌側批：總收。甲戌眉批：總收古今億兆癡人，共歷幻場，此幻事擾擾紛紛，無日可了。】反認他鄉是故鄉。」

註三：《紅樓夢》第八回：「寶玉吃了半碗茶，忽又想起早起的茶來，因問茜雪道：『早起沏了一碗楓露茶，我說過，那茶是三四次後才出色的，這會子怎麼又沏了這個來？』茜雪道：『我原是留著的，那會子李奶奶來

了，他要嘗嘗，就給他吃了。』寶玉聽了，將手中的茶杯只順手【甲戌側批：是醉後，故用二字，非有心動氣也。】往地下一擲，【甲戌眉批：按警幻情榜，寶玉系『情不情』。凡世間之無知無識，彼俱有一癡情去體貼。今加『大醉』二字於石兄……石兄真大醉也。甲戌眉批：余亦云實實大醉也。難辭醉鬧，非薛蟠紈絝輩可比！】豁啷一聲，打了個粉碎，潑了茜雪一裙子的茶。又跳起來問著茜雪道：『他是你那一門子的奶奶，你們這麼孝敬他？不過是仗著我小時候吃過他幾日奶罷了。【甲戌側批：真醉了。】如今逞的他比祖宗還大了。如今我又吃不著奶了，白白的養著祖宗作什麼！攆了出去，大家乾淨！』【甲戌側批：真真大醉了。】說著便要去立刻回賈母，攆他乳母。」案：「醉後」二字，點明非有心動氣，醉後行為非寶玉本性。寶玉本性系情不情，前一情字為動詞，即體貼，不情為物。情不情即體貼物，愛萬物。

註四：《紅樓夢》第十九回中，襲人引賈寶玉的話：「除『明明德』外無書」。

《紅樓夢》第二十二回：「黛玉便笑道：寶玉，我問你：至貴者是『寶』，至堅者是『玉』。爾有何貴？爾有何堅？寶玉竟不能答。」

　　註五：《紅樓夢》第七十回中，薛寶釵的〈臨江仙‧詠柳絮〉有句：「任他隨緣隨分」。

　　惠評：讀罷此歌，感慨萬千！這一定是位通讀過全書，又在人世中「翻過筋斗」的人才能寫得出來啊！

　　這歌，多麼像怡紅公子，經歷過一番夢幻，紅樓夢醒之後，而對一切作出的「價值重估」。

　　我們都知道全文，是女媧煉石之後單單剩下的那一塊，自愧無才補天，日夜悲號，而後聽到一僧一道閒談人間富貴，打動凡心，立意下凡造劫，於是幻形入世，經歷人生悲歡。先前受過其甘露灌溉之恩的絳珠仙草，也立意同去下凡，轉生黛玉，「還淚」報答。他的真身既是頑石，故今生只是賈寶玉（假寶玉）；原本既是無才補天，故今生亦不愛讀書仕進；天生既憐芳草，故今生喜在姊妹丫鬟群中廝混，而尤鍾情於黛玉。不喜讀書，內帷廝混，故眾口訾議，險被打死；家族聯姻，重門第，喜周全，故為其擇婚「賈王史薛」四大家族之一薛寶釵，而捨棄與其青梅竹馬兩情相悅但父母雙亡寄人籬下之林黛玉。為安撫寶玉，施掉包之計，寶釵頂黛玉之名出嫁，黛玉在二寶大婚之夜焚稿斷癡情，含恨死去。寶玉驚見新人變易，又遭抄家，落得個白茫茫大地真乾

淨，七情八苦，無不盡嘗，萬念俱灰，出家為僧。

但是培光教授此歌，是紅樓夢覺之後，「夜空漸亮見朝旭」；是寶玉徹悟之時，故佛心佛言，在在皆是。「不踩螞蟻」，「掃地恐傷螻蟻命，愛惜飛蛾紗罩燈」是也；當年心藏芙蓉化身林黛玉，今「慈悲蓮花」，廣種福田，處處花開是也。

以前種種，富貴也好，癡情也罷，不過莊周一夢。只是香夢沉酣，醒悟卻難，那女兒們都來自太虛幻境，男子們俱要回青埂峰下，卻一個個反認他鄉是故鄉，在這滾滾紅塵，追名逐利，嬌憐癡愛，糾纏不已，悲喜千般，竟何意趣？

寶玉有真有假，可知人生願欲，亦有真假，真願真玉（欲），乃為大愛。往日頑石幻為賈寶玉（假寶玉），其愛有怨，當非大愛，故愛怨交纏，陷於愁獄。今已醒悟，破除執著，故無悲無喜，無欲無求，無顛倒夢想，無有恐怖掛礙。無憐一草，而憐萬草，隨緣所遇，化生萬物，光輝本性，此真玉也。

培光教授此歌，每作翻案文章，善揭佛理佛境。林黛玉〈葬花吟〉說「花謝花飛飛滿天，紅消香斷有誰憐」，而此歌即作「憫念蒼生憐花飛」；賈政要寶玉讀

書，賈家為寶玉定親寶釵，甚至黛玉悲傷無人為自己做主，其實莫不是「強人隨我」，故生無盡煩惱。但得放下我執，則恨消怨去。

「玉成他人之所想，愛親愛人棄私欲」。突然想起了和培光教授探討過《紅樓夢》一大問題，妙玉何德何能，致身列金陵十二釵正釵？

《紅樓夢》中至尊貴者方賜名為玉。紅樓四玉，寶玉黛玉自不必論，紅玉，一個後來改名小紅的丫鬟，據說有「獄神廟慰寶玉」一回。探佚者認為，八十回後，賈府因事敗被「抄沒」以後，包括寶玉和鳳姐等人都曾一度被捕下獄。是紅玉等人設法打通關節，賄賂獄吏和公差，借祭奉獄神的機會，得以和寶玉、鳳姐等在廟中見面，並最終設法把他倆搭救出來。可見紅玉乃俠肝義膽的義婢，當得起這個「玉」字。

然而妙玉呢？著墨不多，給讀者最深的印象恐怕就是櫳翠庵品茶時茶具的豪奢和性情的怪癖，給寶黛釵的茶器都是價值不菲的古董，成窯五彩小茶盅只因劉姥姥喝過就不要了，臨了還要打水來洗地，並且小廝送水只許放在山門外不可進入。其餘似無所能，何以竟能躋身十二正釵？

事實上，這和她第七十六回續凹晶館聯詩十三韻大有關聯。史湘雲吟出「寒塘渡鶴影」，林黛玉挖心搜膽，對出「冷月葬詩魂」，正在此時，妙玉轉身出來，笑道：「好詩，好詩，果然太悲涼了。不必再往下聯，若底下只這樣去，反不顯這兩句了，倒覺得堆砌牽強。」妙玉認為，此詩「過於頹敗悽楚。此亦關人之氣數而有，所以我出來止住。」於是，邀請兩人一塊兒回到櫳翠庵，這就有了妙玉的聯句十三韻。

續詩的意圖在於「翻轉」。

妙玉一揮而就，說：「依我必須如此，方翻轉過來，雖前頭有悽楚之句，亦無甚礙了。」

古人認為，言為心聲，更有「詩讖」，湘雲黛玉聯句之時為了爭新鬥奇，竟忘忌諱，竟把未來的終身給說了出來。

妙玉雖父母俱在，但從小多災多病，買了替身皆不中用，到底自己入了庵堂方好。之後又來到大觀園，師父遺命不許還鄉。實際上也是一個孤女罷了，但她聽到另外兩個父母雙亡的孤女的「頹敗悽楚」之音，速速現身止住，其意力圖「挽救」。

但見妙玉寫道「鐘鳴櫳翠寺，雞唱稻香村」，把黛

玉湘雲的未來預言拉回到現實人世，寬慰她們「有興悲何繼，無愁意豈煩」，最後更結語道「徹旦休云倦，烹茶更細論。」試圖化解她們詩讖透漏出的宿命感，轉化成為「古今多少事，都付笑談中」的閒談。佛心真切深厚之旨，昭然若揭。有此一念，當得正釵。

以上是從思想而論，從藝術而論，或有疑問，何以培光教授的《紅樓夢》歌曲似不依格律。讀者有無注意到《紅樓夢》有三個不同的世界？警幻仙子、一道等來自的仙界，一僧來自的佛界，以及寶黛等人暫居的人界。這三個世界裏面出現的詩詞韻語是不同的。

人界裏面的詩詞是很嚴格的，不惟講究格律，有時還要限韻限時。如第三十七回海棠詩社限「十三元」中的「盆」、「魂」、「痕」、「昏」，且令丫鬟炷了一支只有三寸來長，燈草粗細的「夢甜香」，以此爐為限，如香爐未成便要罰。第四十八回香菱學詩，自己走至階前竹下閒步，挖心搜膽，耳不旁聽，目不別視。一時探春隔窗笑說道：「菱姑娘，你閒閒罷。」香菱怔怔答道：「『閒』字是十五刪的，你錯了韻了。」第五十回蘆雪廣爭聯即景詩，五言排律一首，限二蕭韻。第七十回填柳絮詞限調，如寶釵拈得〈臨江仙〉，寶琴拈得〈西江月〉，探春

拈得〈南柯子〉，黛玉拈得〈唐多令〉，寶玉拈得〈蝶戀花〉等。第七十六回凹晶館聯詩悲寂寞，五言排律，也是限字少韻難的「十三元」。

然而仙界和佛界中出現的詞曲，大致都不依格律。比如第一回〈甄士隱夢幻識通靈〉，一僧要化英蓮出家，甄士隱不捨，那僧乃指著他大笑，口內念了四句言詞道：「慣養嬌生笑你癡，菱花空對雪澌澌。好防佳節元宵後，便是煙消火滅時。」

第二十五回〈魘魔法姊弟逢五鬼〉，鳳姐寶玉都不省人事，奄奄一息，此時和尚趕來醫治，把通靈寶玉擎在掌上持頌道：「天不拘兮地不羈，心頭無喜亦無悲，卻因鍛煉通靈後，便向人間覓是非。」「粉漬脂痕汙寶光，綺櫳晝夜困鴛鴦。沉酣一夢終須醒，冤孽償清好散場！」

第一回跛足道人口內唸著的〈好了歌〉：

世人都曉神仙好，惟有功名忘不了！
古今將相在何方？荒塚一堆草沒了。
世人都曉神仙好，只有金銀忘不了！
終朝只恨聚無多，及到多時眼閉了。

世人都曉神仙好，只有姣妻忘不了！

君生日日說恩情，君死又隨人去了。

世人都曉神仙好，只有兒孫忘不了！

癡心父母古來多，孝順兒孫誰見了？

以及第五回賈寶玉夢遊太虛幻境所看到冊子上的判詞，斷語，詠寶釵黛玉的所謂「可歎停機德，堪憐詠絮才。玉帶林中掛，金簪雪裏埋。」詠探春的「才自精明志自高，生於末世運偏消。清明涕送江邊望，千里東風一夢遙」等等，不惟不依格律，甚至也不避重字。

這個有兩個方面的考量，一是曹雪芹有意使人界、仙界和佛界在詩詞方面都有所區分。二是仙界和佛界所作的詩更近似於偈。偈通常由四句組成，每句以四言、五言、七言為主；就此而言，與中國舊體詩相像。但舊體詩不但講字數、句數，而且講平仄、對仗、押韻，稍有不慎或技巧欠佳，便導致「以辭害義」。而佛教的譯經大師們，用樸實平易的白話文體來翻譯佛經，因不加藻飾，追求易曉效果，就形成一種特殊的白話文體。偈不刻意講究平仄、對仗、押韻，長期以來，卻因其意義含蘊深遠而被廣為傳誦，最著名如「菩提本無樹，明鏡

亦非台；本來無一物，何處惹塵埃」是也。

而培光教授所作此歌，本是禪心了悟之言，是打玄機，故不甚講究格律，於此處反是得體。

又及：聞得培光教授祖籍南京，世家大族，神州浩劫，府邸蕩然，真個是「眼看他起朱樓，眼看他宴賓客，眼看他樓塌了。那烏衣巷不姓王，莫愁湖鬼夜哭，鳳凰臺棲梟鳥」！所以對《紅樓夢》之「好一似食盡鳥投林，落得個白茫茫大地真乾淨」應比我等分外剴切罷！而培光教授夷優自若，不以為意，蓋別有寄託，不以塵世煙雲為念耳。《紅樓夢》中人及塵世中人，汲汲營營，心為形役，蓋皆不悟人間之外，另有天地，吾不知是為釋迦，是為耶穌，但冥冥漠漠，心存敬畏。

北京大學是紅學研究的隱形贊助人

　　「贊助人」，即 Patron，是指那些足以促進或窒礙
文學的閱讀、書寫或重寫的力量（包括人和機構）。他
（它）們可以是一些人、宗教團體、政黨、社會階層、
朝廷、出版商，以至報紙、雜誌、電台、電視台等傳播
媒介等；也可以是一些機構諸如教育機制、學院、評審
制度、評論性刊物等，它們會對文學產生或隱或顯的影
響。以此視域進行觀照的話，就會發現紅學研究長久以
來所忽略的一個課題——我們通常認為學術研究是一件
很個人化的事情，而不易察覺那些足以促進或窒礙某些
紅學概念的萌生、改變或重組的力量。故而，重新「發
現」紅學研究中的贊助人並對其功能及其機制進行梳

理，所獲得的經驗應該對當今紅學研究也有一定啟發意義。

在中國的各大高校與眾多科研機構中，北京大學能夠作為隱形贊助人為紅學研究提供支持，其原因是多方面的：

首先，「新紅學」的源頭在北京大學。在這裏，出現了蔡元培、胡適、俞平伯、周汝昌等一批紅學大家。蔡元培和胡適在《紅樓夢》的索隱和考證上十分努力，亦是北大紅學研究歷史中的佳話。二人雖然在觀點上有所牴牾，但在學術研究中卻能夠保持君子之風。胡適能得到尋覓已久的《四松堂集》，正是得力於蔡元培的幫助，胡適的研究因此也找到了有力論據，最終二人均取得了相當重要的研究成果，一為蔡元培的《石頭記索隱》，一為胡適的《紅樓夢考證》。特別是胡適中西結合的研究方式，改變了傳統觀念中以寶黛戀情為主的《紅樓夢》，他旁徵博引地採用了杜威實證主義和乾嘉學派的考據方式，最終為紅學研究指出了新的道路。在他的引導下，後之學者如周汝昌，將「自傳說」加以發揚，對曹雪芹的家族背景資料進行了收集和考證，形成了主流的紅學研究。

其次，基於深厚的研究傳統，北京大學在《紅樓夢》的版本的保存上的成就也頗為矚目，保存曹雪芹原文和脂批最多的庚辰本等珍貴版本即收錄於此。在脂本系統中，甲戌己卯庚辰這三種現存最早的版本被視為三真本。其中包括如下版本：

一、甲戌本（乾隆十九年一七五四）。此版本存十六回，即一至八回、十三至十六回、二十五至二十八回。

二、己卯本（乾隆廿四年，一七五九）。此版本存三十八回。即第一至二十回、第三十一至四十回、第六十一至七十回（內第六十四、六十七兩回原闕，系後人武裕庵抄配）。

三、庚辰本（乾隆廿五年，一七六〇）。此版本存七十八回，即一至八十回，除了第六十四、六十七回付闕外，其餘各回大體上說還比較完整。在早期鈔本中，面貌最為完整，保存曹雪芹原文及脂硯齋批語最多，脂批中署年月名號的幾乎都存在於此本。為那些想要全面研究《紅樓夢》及曹雪芹的美國學者提供了必要參考。

最後，北京大學的知名教授不僅積極投身紅學研究，發表紅學方面的論文論著，還積極促進《紅樓夢》的對外傳播與交流。《紅樓夢》的羅馬尼亞譯者楊玲在翻

譯《紅樓夢》時得到了吳組緗先生和王力先生的悉心指
導。馬瑞芳先生回憶道：「她叫楊玲，中國名字，金髮碧
眼。我問她：你怎麼翻譯《紅樓夢》？她說一九五五年
在北京大學留學開始翻譯，指導教師是吳組緗先生和王
力先生。」王力先生，一九五四年起任北京大學教授，
他的《中國現代語法》（一九四三）、《中國語法理論》（一
九四四）以及《中國語法綱要》（一九四六）等著作，
以《紅樓夢》為主要研究對象，建立了自己的漢語語法
體系。吳組緗先生，一九五二年任北京大學教授，潛心
於古典文學尤其是明清小說的研究，曾任中國紅樓夢學
會會長。發表了〈論賈寶玉典型形象〉、〈談《紅樓夢》
裏幾個陪襯人物的安排〉、〈賈寶玉的性格特點和他的戀
愛婚姻悲劇〉等數篇紅學論文，在學術界獲得了廣泛的
好評。並且，「他講的《古典小說研究》和《紅樓夢研
究》是當年北大中文系非常精彩、深受歡迎的所謂『名
牌菜』。」直到二十世紀八十至九十年代，吳組緗還仍
然活躍在《紅樓夢》的教學一線上。馬瑞芳還提供了吳
組緗為外國留學生講解《紅樓夢》的資料，「一九九〇年
我到北京大學看望吳組緗先生，他剛帶完一個捷克留學
生。怎麼帶？留學生看《紅樓夢》，每週一個下午吳先

生答疑。這學生真走運，中國紅學會第一任會長吳組緗給講《紅樓夢》！」

由於受到北京大學直接或者間接的影響，《紅樓夢》英譯本的兩位譯者王良志先生和王際真先生在他們的節譯本《紅樓夢》中或多或少但不可避免地留下了痕跡，而當他們的作品成為研究者的參考用書時，他們的觀點或顯或隱又對研究者的研究產生影響。當譯本完成之後，它不單不僅僅屬於原作者，也不僅僅屬於譯者，甚至也不僅僅只對讀者的思想產生影響。研究者作為讀者中特殊的一群，甚至可以以譯文為鏡燭照出原著幽微未明之處，或者更進一步以譯文為橋凌越古典與現代的鴻溝，從而給予《紅樓夢》更新的解讀以豐富其內涵與意義──如果只有原文而無譯文的話，這些解讀也許要推遲很久才會產生，也許永遠不會產生。這些研究以文字的形式記錄下來並傳承下去，又將以「撞球效應」啟發影響後來者的研究。

不過，在處理各專題（元素）時，一個關鍵詞是「意識形態」。利弗威爾強調「意識形態是由贊助人所控制，且以一種霸權的形式出現，排斥其他的意識形態，支配著被贊助者的活動」。他的這個說法，有加強贊助

人功能的作用。他這態度是可以理解的，因為他是最早提出、也最極力主張研究贊助人的人。不過，過分強調贊助人的支配力量，卻可能淹沒了其他元素的功能。誠然，贊助人的意識形態很可能是一種強力的意識形態，但這並不是說它一定能夠全面制約其他元素。

舉例來說，紅樓夢首任會長吳組緗先生在北京大學開設《紅樓夢》課程，對賈寶玉的守禮，林黛玉的高雅都有獨到的見解。多年之後，學生李厚基先生總結道：

> 吳先生是著名的學者、作家和大師級的教授。他有豐富的社會閱歷，有深厚的古今中外的文學修養。他敏於觀察，對社會、歷史、人生有獨具的視角。他自己從事過創作，故對創作有體驗。他的小說創作很有特色。
>
> 因此，他大不同於從純書齋中走出的教授。他講授的《紅樓夢》獨具慧眼。
>
> 他能從創作的甘苦上談出「紅」作的高明，也能從構思的精巧上觀察到作者在細枝末節上的良苦用心，先生總是從具體形象入手，歸旨出全書的思想、藝術的真諦。

　　然而即使有這樣的「贊助人」，也無法保證「意識形態」的傳遞。就這樣吳組緗先生一對一地給捷克留學生講了一年《紅樓夢》，這個學生學成要回國了來跟他告別，說：「吳先生，《紅樓夢》所有的問題我都弄明白了，我現在只有一個問題沒弄明白。」吳先生說：「什麼問題？」這個學生說：「大觀園裏有那麼多的珍寶，賈寶玉和林黛玉為什麼不捲包而逃呢？」

　　馬瑞芳教授在記載下這則逸聞趣事之後，從傳統文化的角度給予了分析和解答：

　　　　從林黛玉一個人物的身上就能看到古代很多傳統的美德都集中在她身上：謝道韞的「詠絮之才」、李清照的「人比黃花瘦」，杜麗娘的「一生兒愛好是天然」。這樣一個林妹妹，就是徐玉蘭唱的，大家都非常熟悉的「天上掉下個林妹妹」，這樣一個林妹妹怎麼可能叫上一個小白臉，捲著大觀園的珠寶逃走呢？

　　但實際上，這說明了「贊助人」的權力並非無遠弗

屈。正如斯托爾克奈特所說，思想和硬幣或櫃枱那樣的「整體單位」不同，思想不能原封不動地從一個人手中傳到另一個人手中，從一部分人手中傳到另一部分人手中，思想在從一個頭腦轉到另一個頭腦時，它在結構、方向和接受方式上一定會有一定的變化，並且是激烈的變化。

　　但是，在承認局限性的同時，我們必須以客觀的事實來審視北京大學作為「隱形贊助人」的作用。對紅學研究來說，北京大學在各個歷史時段，或輸出人才，或提供資料，或引進新說，知識的交流和智慧的碰撞，潛移默化地促進紅學發展的進程和面貌。可以毫不誇張地說，如果沒有北京大學，紅學研究的歷史必將會部分地作出改寫。

八十歲的白先勇遇見三百歲的曹雪芹

　　二〇一七年三月二十八日，香港珠海學院邀請白先勇先生「細説紅樓夢」。此時此刻，群賢畢至，少長咸集，迎來了三喜臨門：一是白先勇先生的八十壽誕；二是八十歲的白先勇遇見三百歲的曹雪芹，兩位大家隔空對談；三是珠海學院七十周年校慶。良辰、美景、賞心、樂事；賢主，嘉賓、彙聚一堂，正如〈滕王閣序〉所言：「四美具，兩難並」。惟其難能，所以可貴！

　　七十年的校園，八十歲的白先生，説不完的《紅樓夢》，他們都經受住了時間的洗禮，大浪淘沙，留下的都是金子。

　　白先勇先生在文學藝術的不同領域都取得了令人驚歎的成就。小說的《台北人》、《孽子》、《遊園驚夢》、《金大班的最後一夜》；崑曲的青春版《牡丹亭》、青春版《玉簪記》、以及新編《白羅袍》。如今，他竟然在《紅樓夢》研究領域再下一城。記得二〇一〇年的時候，華煒老師就曾經告訴過我，白先生正在從事《紅樓夢》方面的工作。當時我以為將會看到青春版《紅樓夢》，但令人震驚的是，白先生是在台灣大學開《紅樓夢》課程，一段一段細讀，用了三個學期帶領學生讀完了《紅樓夢》一百二十回，把崑曲的水磨功夫來投入《紅樓夢》的研究。而一九六五年到一九九四年，他還在美國加州大學教了二十九年的《紅樓夢》導讀課。數十年磨一劍，最後成為一部煌煌巨著，今天又帶領我們曲徑通幽。我覺得，白先勇先生就像文學上的畢卡索，不斷探索，不斷求變，每階段均有不同風格的出色作品，高山仰止，令我們這些後學晚輩歎為觀止，由衷地讚歎白先生才是更加年輕，前途無量！

　　曾經有很多人這樣問過，紅學問世已經二百五十多年，研究著作多如汗牛充棟，所有問題只怕都研究殆盡，那麼，紅學究竟要到哪裏去？紅旗還能打多久？我

想，白先生的大作和他今天的講座很好地回答了這個問題，八十歲的白先生又在紅學領域推陳出新，寫下這驚人傑作，這說明紅學和白先勇先生一樣，永遠青春！

「開談不說紅樓夢，讀盡詩書也枉然」。中國古典小說浩如煙海，憑什麼《紅樓夢》地位如此崇高？

首先，關注者是帝王或者最高統治者，曹寅的母親，做過康熙皇帝的乳母，因此康熙皇帝和曹雪芹的祖父曹寅是奶兄弟的關係，之後康熙委任曹寅成為江寧織造，因此曹家親身經歷過繁華歲月；雍正皇帝抄了曹家，曹家從鮮花著錦、烈火烹油變成了白茫茫大地真乾淨。這些都為《紅樓夢》寫作提供了背景。據說，《紅樓夢》本來已經寫成，乾隆皇帝要看《紅樓夢》，因為擔心有干時忌，後人瞞下了後幾十回，之後迷失。而慈禧太后最愛《紅樓夢》，曾命侍郎親手為她抄錄四冊，而她的寢宮長春宮有十八幅《紅樓夢》的壁畫，直到今天我們去北京仍可看到。

其次，《紅樓夢》開卷語說：「滿紙荒唐言，一把辛酸淚。都云作者癡，誰解其中味？」《紅樓夢》的這個「天問」，簡直像哥德巴赫猜想一樣，吸引了一代又一代學者投身其中，期望登頂這座文學上的珠穆朗瑪峰。北

京大學校長蔡元培是索隱派，寫過《紅樓夢索隱》；北京大學另一位校長，同時也是駐美大使的胡適是考證派，寫過《紅樓夢考證》，清華大學教授王國維是美學批評派，寫過《紅樓夢評論》，更不用說近現代在紅學領域辛勤耕耘的學者各領風騷。正是這些研究者讓《紅樓夢》和紅學水漲船高。

即使如此，白先勇先生的大作和講座仍然是獨樹一幟的，《紅樓夢》的研究者可以粗略分為兩類，一類是學者，他們是批評家，卻幾乎從未進行過小說、戲曲等文學創作。一類是作家，在從事學術研究的同時，他們還是著名的小說家。作家紅學比較少，但成果卻很厚重，比如張愛玲女士的《紅樓夢魘》、吳組緗先生的《賈寶玉的出家》、王蒙先生的《紅樓夢中的政治》、以及白先勇先生的《白先勇細說紅樓夢》。他深入到字裏行間，「一靈咬住，不肯放鬆」，縱橫版本，出入文史，全面探索其文脈、文意、文心，並將自己對於中國傳統文化藝術的知識與見解融貫其中，觀點獨到、體貼細微，惟陳言之務去，發他人所未見。

《文心雕龍‧知音》說過：「音實難知，知實難逢，逢其知音，千載其一乎」！看過聽白先生的書，聽過白

先生的講座，你將會發現，白先勇先生就是曹雪芹的隔代知音，雖然隔著千里萬里的時間流水，他們卻拈花微笑，以心會心。

大數據告訴你，曹雪芹寫的非常科學

　　我們讀者，以及賈府自身，一般不都認為，寶玉比起賈珠，是天懸地隔嗎？你看，人家賈珠不到二十歲就進了學，娶了妻，生了子，是公認的家族寧馨兒、未來之光。以至於王夫人在寶玉挨打的時候，不小心流露了心聲：「珠兒啊，我的珠兒啊，若是你還活著，就打死一百個，我也不管了！」（這可是親媽！心疼寶玉一秒鐘）

　　寶玉呢？抓周的時候只抓了脂粉釵環，又喜歡在內幃裏廝混，把他父親給氣得半死，「將來必淫魔色鬼無疑了。」更因不喜讀書，讓賈政王夫人明裏暗裏都充滿了失望。

但是，我突然發現，似乎沒人注意到 —— 最終，寶玉是和賈珠一樣，都是不到二十歲已娶妻生子中了舉！

你看寶玉十九歲結婚，十九歲去考試中了舉，中舉後他就離家出走，然而那時他已經有了一個遺腹子。

他哥哥賈珠頭懸樑錐刺股天天努力，亦不過一第。寶玉不愛用功天天玩，最終結果一樣！這基因還不強大？！不要忘了，寶玉是「銜玉而生」，「置之於萬萬之人中，其聰俊靈秀之氣，則在萬萬人之上，其乖僻邪謬不近人情之態，又在萬萬人之下」。雖然鄉試會使萬萬普通人大感為難，但寶玉「聰俊靈秀之氣，則在萬萬人之上」，一第又何足道哉！

所以後四十回為什麼安排寶玉十九歲結婚中舉生子？為什麼不是十八或者二十？可見「十九歲」是一個特別的選擇，是為了呼應一開頭的賈珠的！《世說新語》中說「珠玉在前，覺我形穢」，也就是別人太優秀了，使我自慚形穢的意思。那麼，寶玉的這個中舉，就恐怕是曹雪芹的親筆，或者至少有原意！

群友「這裏的黎明靜悄悄」點名問我：「張惠，你既然提到賈珠，那咱們做個假設，如果賈寶玉有孩子了也會蘭桂齊芳麼？會有什麼差異？就按照書裏寫的和薛

寶釵。」

我答道：「以寶釵天天督促寶玉仕途經濟的個性，她生了孩子之後，一定要天天督促兒子讀書中舉。」

「這裏的黎明靜悄悄」：「我認為和寶釵的孩子會強過和黛玉的孩子。和黛玉有的孩子是絕對不能走仕途經濟路的。」

我莞爾一笑：「別忘了黛玉的老師是進士，爹是探花。僅仕途而論，和黛玉的孩子會強過和寶釵的孩子。不管是基因還是人脈！」

不過，和「這裏的黎明靜悄悄」的對答，也啟發了我，我也提出請大家想想：賈政心中的寶玉媳婦第一人選，一定是黛玉，而絕不是寶釵！

別聽鶯兒說「我們姑娘的學問，我們姨老爺也常誇呢」。這都是虛的。就比如寶釵還專門給寶玉改詩，寶玉原來寫「紅香綠玉」，寶釵給他改成了「綠蠟」。可是最終怡紅院的定名是怡紅院，跟什麼綠玉綠蠟一點兒關係都沒有。然而黛玉所擬的「凸碧」、「凹晶」，賈政一個字不改都用了。人家對你真欣賞，還是假欣賞，這才是最說明問題的。

另外，賈珠娶的妻子李紈是什麼人？是國子監祭酒

的女兒。而黛玉是什麼人？是探花、蘭台寺大夫的女兒。賈政最欣賞的是讀書人的、尤其是讀書中舉的人的後代！而寶釵之父，所謂的紫薇舍人，這個官職未必是讀書科考出來的。否則薛家一定要表白是書香門第，而非是皇商之後了。

再加上薛蟠又是公認的「薛大傻子」，而且寶釵進京來的時候，她的哥哥就為了香菱打死了人。哪家的父親昏了頭了會給自己的兒子找這麼一個大舅子呀？這不埋了一個定時炸彈嗎？而且這薛蟠又娶了一個「河東獅」夏金桂，弄得家裏雞犬不寧。最終在家裏夏金桂搞出了投毒死人事件，在外面薛蟠搞出了毆打死人事件，也不知誰給的勇氣讓賈家在這種情況下還和薛家聯姻，是不是梁靜茹啊？

我的學生關繡盈在昨天的文章下面留言感歎道：「難怪古人說娶妻求賢，媽媽的基因可是註定了未來繼承人的智商啊！」

此言得之！我再舉個例子，舉最俗的。王夫人生了兩子一女，長子賈珠不到二十歲讀書中舉，次子賈寶玉不到二十歲讀書中舉，長女賈元春入宮做了皇妃加封賢德妃。即使我們對王夫人的某些行為處事有非議的，在

資料面前，恐怕也不得不承認，人家的基因是優秀的。

　　Facebook 的創始人朱克伯格娶的老婆看起來樣貌像大媽，但朱克伯格覺得是自己高攀了她！股神巴菲特也說一生最好的投資是選對了老婆。

　　反之，如果只看顏值或者只看家財，也不管對方的頭腦和品行，就慌不迭地趕去聯姻，要麼生下愚鈍的繼承人，要麼聰明卻耳濡目染地近墨者黑，這其實也是家族「富不過三代」的秘密。

　　最終，我認為，群友「堯曰」的總結太到位了──「也就是說，曹雪芹寫的非常科學？」

　　親愛的朋友們，你們覺得呢？

後記

　　拙著的完成，首要須感謝黎漢傑社長。他的鼓勵和督促，如雲外天香入清酒，點化成一壺桂花釀。

　　拙著中有關的幾個事與人，於我分外值得記取。陳俐利姐姐和我本由《紅樓夢》結識，當時請專業化妝師為她們上妝扮金陵十二釵，由我解說各釵的生平經歷與個性。後來恰逢粵劇《紅樓彩鳳》演出，她約我同賞，一則緊湊的劇情、精湛的表演吸引了我，二則這是粵劇演出，又是青年編劇新創，正體現了《紅樓夢》傳播的無遠弗屆，後繼有人。

　　如何吸引年輕觀眾，這是一個南北戲曲傳承與傳播共同面臨的問題。香港藝術發展局關注到了這個問題，於是專門設立了基金來鼓勵粵劇的新編，《紅樓彩鳳》的編劇周潔萍就是在這些比賽之中脫穎而出的年輕一代。周潔萍在二〇〇八至二〇一〇年度入讀香港八和粵劇學院粵劇編劇班，二〇〇九年獲香港藝術發展局「戲曲新編劇本指導及演出計劃」資助，創作

劇本《碾玉緣》，該劇於二〇一一年由錦升輝劇團演出。同年再獲資助，創作劇本《郵亭詩話》，由名伶尹飛燕、阮兆輝、新劍郎演出。在勵進粵劇推廣會主辦的「粵劇劇本創作比賽」中，周潔萍連續兩次奪得大獎，首屆得獎作品為《西門豹治鄴》，第二屆得獎作品為《周處自新》。

將劇情改編、人物重塑、曲詞音效、舞台表演、舞美設計和觀眾編劇等作為一個整體生態圈來對香港粵劇《紅樓彩鳳》予以考察之後，我認為，戲曲改編作為《紅樓夢》傳播的重要載體之一，具有其獨特性和不可復刻性。而當我們不僅僅停留在探索劇本改編的層面，而是深層探究其劇本的生成和生態，我們會發現香港藝術發展局開辦課程、設立基金、舉辦比賽並將優勝者的劇本轉化為演出，以儲備新血，避免斷層。我認為，香港的粵劇紅樓戲改編不但拓展了《紅樓夢》的傳播地域，其生成機制和運作模式也會對其他劇種的《紅樓夢》戲產生「它山之石，可以攻玉」的積極意義。

所以觀劇之後，我興致勃勃地命筆成文，由於沒有《紅樓彩鳳》的劇本，引用的唱詞和道白都是我當時強記下來的，為求無訛，我還專程聯繫了周潔萍編劇，承蒙她把所有引用之處全都核對修訂，最終得以在專業期刊《紅樓夢學刊》發表，為

《紅樓夢》研究的百花園增添了一枝紫荊花。

這本書中關於《種芹人曹霑畫冊》的研究，是香港研究資助局研究項目「種芹人曹霑畫冊文化生態學研究」的部分心得。貴州是我第一次去內地講座交流的地方，可是我幾年前去的時候，尚不知道貴州博物館有《種芹人曹霑畫冊》；然而最終我是以對它的研究申請到了香港的第一個研究項目，命運的神妙莫測即是如此，好比《阿甘正傳》裏所說，Life was like a box of chocolate, you never know what you are gonna get.（人生就像一盒巧克力，你永遠不知道下一塊會是什麼味道。）目前對於《種芹人曹霑畫冊》的研究文章雖然很多，但是以它申請到研究項目，應該兩岸三地還是第一個。研究者是內地人，研究對象是內地博物館藏品，然而香港研究資助局不以畛域為界，不因本土保護故步自封，這也實在可見香港的包容、進取和前瞻。

這本書的面貌最終定型，還要感謝我的香港學生黎瑩婧。當年她是我指導的第一屆本科生寫畢業論文，求好之心何等迫切。因她研究的是韓文小說，我又是要求她去各大圖書館查資料，又是要求她額外請教韓國畢業的教授。所幸黎同學一直都是學業的佼佼者，從不抱怨從不畏難，不但不折不扣地執行，

甚至還有過之。她的畢業論文的審查是一位院長，當時給了 A 的成績，據我後來的教學經驗，這實在已經是一個很高的分數。但我親見她的認真刻苦，於本科生中實屬難得，因此不揣冒昧親自致信陳情，終獲院長首肯，改為 A+。

此後一別，南北東西，竟然不通消息。不意多年之後，通過朋友突然聯上，得知她現在從事與科研相關之工作，深感欣慰。我托朋友將她的畢業論文照片傳去，告知她當時交我一份的畢業論文仍在我處，令她也頗為吃驚，因為本科論文不為人所重，很多學校都不會留存，沒想到老師這裏仍在。又想不到的是，拙著的成書，有些篇章的取捨頗覺為難，黎同學勇肩此任，取捨之後，頗合我心。當年老師指導學生寫論文，今日學生為老師的著作選文定篇，這是何等奇妙的緣分。

這本書的書名由香港《中華時報》社長曾曉輝先生題贈，原本想到此前我曾與他鬥嘴，這墨寶決難下賜，沒想到他不僅慨然相贈，還書寫了幾幅讓我選擇，拙著本屬敝帚，得此一題，蓬蓽生輝。

這本書有幸請得張國義先生賜序，二十五年前，他參與香港回歸交接工作，住摘星閣，施拿雲手，為祖國金甌補缺。當年親臨香港交接，今日又躬親香港事務，他對我的謬許我著實

愧不敢當，僅看他對內地文人南遷的流脈回顧，明清評點家的經典傳播意義燭犀，便知人家的序言亦是「孤篇壓倒全唐」，珠玉在前，拙著僅堪覆瓿。他若改行做學術，我等只怕要火急退避三舍，由是方知高才縱橫，無施不可。

　　「今夕何夕兮，搴舟中流」，越人驚喜的是「得與王子同舟」，但是，我所喜所謝的是得與這諸多良師益友同舟。今夕何夕，三星在隅；今夕何夕，與子共濟。

　　　　　　　　　　　　　　　　　　　　張惠

本創文學 68

紅樓夢斷章

作　　者：張　惠
責任編輯：黎漢傑
內文校對：司徒仲賢
法律顧問：陳煦堂 律師

出　　版：初文出版社有限公司
　　　　　電郵：manuscriptpublish@gmail.com

印　　刷：陽光印刷製本廠

發　　行：香港聯合書刊物流有限公司
　　　　　香港新界荃灣德士古道 220-248 號
　　　　　荃灣工業中心 16 樓
　　　　　電話 (852) 2150-2100 傳真 (852) 2407-3062

臺灣總經銷：貿騰發賣股份有限公司
　　　　　　電話：886-2-82275988 傳真：886-2-82275989
　　　　　　網址：www.namode.com

新加坡總經銷：新文潮出版社私人有限公司
　　　　　　　地址：71 Geylang Lorong 23, WPS618 (Level 6),
　　　　　　　　　　Singapore 388386
　　　　　　　電話：（+65）8896 1946 電郵：contact@trendlitstore.com

版　　次：2022 年 12 月初版
國際書號：978-988-76022-8-6
定　　價：港幣 108 元 新臺幣 330 元

Published and printed in Hong Kong

香港藝術發展局
Hong Kong Arts Development Council 資助

香港藝術發展局全力支持藝術表達
自由，本計劃內容不反映本局意見。